DARIA NOVELS

homme fatal 運命の男

山藍 紫姫子

illustration ❋ 小笠原宇紀

イラストレーション❋小笠原宇紀

CONTENTS

homme fatal 運命の男

一月十五日（木曜日）午後一時三〇分

鷹司貴誉彦(たかつかさきよひこ)のマンションから桜庭(さくらば)が見下ろす東京は、九日前と同じく、雪に覆われていた。

四ノ宮(しのみや)家の自家用飛行機で屋久島(やくしま)へ発ったのは、一月六日の昼過ぎだったが、前日から降った雪が積もり、現在(いま)と同じ雪景色だった。

時間が経っていないような錯覚に陥りそうだ。

今日も濃紺の神父服(カソック)をまとった桜庭那臣(なおみ)は、鷹司の姿を窓ガラス越しに見つけて、振り返った。

ピンストライプの入ったパールグレイのカシミアスーツを身に着けた鷹司は、三十代前半という若さとは思われない威厳を漂わせ、近づいてくる。

桜庭は、美しい貌(かお)に嫣然とした笑みを浮かべ、鷹司を見あげた。

見つめ返す鷹司の眸には満足があり、男らしい顔には喜色がうかんでいる。

「よくもわたしを置き去りにして、屋久島なんぞに行ってくれたな」

鷹司が桜庭にかける声音は、限りなく深みがあり、あたたかく、甘かった。

二人が出会ったのは六年以上前。

恋人同士になったのは、九日前だったが、翌日には離ればなれとなった。

鷹司は仕事で東京に残り、桜庭はルキヤと龍星(りゅうせい)を連れて、養父である四ノ宮康熙(こうき)の招きで、屋久島の別荘に滞在することになったからだ。

二十三歳になる桜庭那臣は、男にしておくにはもったいないほどに、並はずれた美貌の持ち主だった。

艶やかな黒髪、長いまつげに縁取られた切れ長の眸は、漆に嵌めこんだ螺鈿（かい）のように輝いた。

辛辣な言葉を吐きだす口唇（くちびる）は、淡い蓮華色（ロータスピンク）で、真珠のように白い肌ともども、体温が低いのかとも感じられる。

――だが、ほっそりと引き締まった身体には、上品な物腰と相反する、多淫性の血が流れているのだ。

「お久しぶりですね、鷹司さん」

容姿や物腰だけでなく、桜庭の声ときたら、危険なほどに心地よく、聴く者を虜にする秘密兵器となった。

「その様子だと、わたしが東京（こゝ）で地獄のような日々を送っていたというのに、君たちは別荘生活を楽しんできたらしいな？」

目の前に立った鷹司の首筋に腕をからませると、桜庭は身を伸ばしてしがみつき、啄（ついば）むように接吻（くちづけ）てから言った。

「楽しんできたのか、と言われれば、否定はできませんね。屋久島はすばらしいところでした。朝、窓を開けると、少し湿った森の匂いがするのです。鳥や、獣と思われる不思議な鳴き声が聞こえて、身も心も洗われるようでした。子供たちも退屈しなかったようです。今度はぜひ、夏に行ってみたいと思います」

　子供たちといっても、十六歳と十九歳で、そのうえ『タリオの使徒（しと）』と呼ばれる、殺しの訓練を受けた危険な少年たちのことだ。

「今夜の総会がなければ、戻って来たくなかったような口振りだな」

『タリオ』の幹部である鷹司と桜庭には、今夜、出席しなければならない年度初めの総会があるのだ。

　鷹司貴誉彦は、いずれ『タリオ』の現総帥となる№2の大幹部である。ところが桜庭那臣は、『タリオ』の創設者であり現総帥である養父の四ノ宮康熙の威光によって、最年少で幹部に引き立てられた縁故登庸者（えんことうようしゃ）なのだ。

「その通りです」

　あっさりと認めた桜庭は、いささか憂鬱をきたす今夜の総会を、頭から閉めだし、鷹司に向かって微笑んだ。

「それにしても、地獄だなどと大げさな方ですね」

「大げさとも言えないな、君に愛を告白して受け容れられた翌日に、離ればなれにさせられたのだ。

君を溺愛する父の陰謀を感じたよ。あの老人は、わたしたちの会話を盗み聞きしているのに違いない」

鷹司にとっては実父にあたり、桜庭にとっては養父になる四ノ宮康熙が、突然に屋久島の別荘行きを提案したのだ。

桜庭が『タリオ』の養成期間から買い取り、養子とした二人の少年と会いたいという目的も、そこには含まれていた。

「お養父さまを悪く言うのはやめてください」

『タリオ』の総帥四ノ宮康熙は、性的虐待を受け、身も心も病んでいた桜庭を引き取って育ててくれた人物である。かつては、政界に君臨し、裏社会での顔を持っていたとしても、桜庭にとっては、情深く寛大な養父だった。

「文句を言うよりも、自家用機で逢いに来てくだされればよかったのです……」

内心は待っていたのだと言いたげに、桜庭は上目づかいに鷹司を責める。

「父が眼を光らせているところで、君と愛しあえというのか?」

そう言う鷹司には、苦い想い出があるのだ。

六年以上前のことだが、久しぶりに四ノ宮の屋敷を訪問し、そこで桜庭那臣を見初めた鷹司に対して、実父は、今後一切の出入りを禁ずると言ってきた。

当時の桜庭は、性的虐待の後遺症があり、接触恐怖症をも患っていて、唯一身近にいられる人間は、養父の四ノ宮だけだった。

四ノ宮老人にすれば、愛しんできた桜庭を、実の息子とはいえ、鷹司に委ねるつもりはなかったのだ。

「せめて電話くらい、架けられたのではありませんか?」

過去に、鷹司と養父の間でなにがあったのか知らない桜庭は、さらに詰め寄る。その怒りを含んだ声音は、ほとんど女性的な美しさと旋律を持っていた。

「君の声を聴いてしまうと、逢えないのがいっそう苦しくなるからな」

鷹司は自分の声音に抑制を利かせ、答えたが、欲望は隠さなかった。

「逢いたかったよ、地獄のような九日間というのは、嘘ではないぞ」

軽い接吻だけでは満足しない鷹司は、桜庭のうなじを両手で包み、自分に向けて固定してしまうと、恋人同士のキスを求めた。

もったいをつけず、躊躇(ためら)いもなく、強烈な欲望に集中した接吻が鷹司から与えられるのを、桜庭は受けとめようとする。

奪われる激しさでむさぼられた桜庭が、息づかいを乱し、肩を喘がせるとようやく、鷹司は舌を引いたが、口唇は触れたままで言った。

「この口唇を、他の男に与えたりはしなかっただろうな？」

鷹司の言葉が、口唇から身体のなかへとはいりこんでくる。

うっすらと眸をあけて、桜庭は目の前の男を凝視(みつ)めた。

「あの美しい島には、あなたのようなケダモノはいませんでしたよ」

愛するがゆえの猜疑心(さいぎしん)を、鷹司は抑えずに、言葉として桜庭のなかへ送りこんだ。

「可愛い養子(こども)たちとはどうなんだ？　彼らに襲われたら、君などひとたまりもないぞ」

養子であるルキヤと龍星との間を邪推された桜庭は、気分を害し、鷹司から離れようとした。

だが、うなじを包んでいる鷹司の手は、優しい感触とは裏腹に、恐ろしいまでの力が加わっていた。

桜庭は身動ぐこともできずに、鷹司を睨んだ。

「悪かった」

睨まれてようやく、鷹司は謝罪の言葉を口にした。

それから、訴えかけるような言葉がつづく。

「君があの龍星と一緒だったと思うと、落ち着かないのだ。彼は君に恋する若者だからな。若者というのは暴走しやすい」

桜庭が買い取った『使徒』、養子とした龍星は十九歳になる悩ましい年頃で、美しい養父に身も心も惹かれているのは誰の眼にも明らかだった。

鷹司の謝罪を受け容れて、桜庭が答えた。

「彼にはルキヤがいます。二人は、とても愛しあっていますし、龍星は、わたしの息子であるという立場を弁えています。彼は、わたしを傷つけるようなことはしませんから」

眉を顰めて、鷹司は桜庭を見つめた。

「わたしが、君を傷つけたというのか？」

桜庭の眼から心を読みとろうと、鷹司は息を詰め、集中したが、思い当たったのはひとつだけだった。

「それは…、ドールとわたしが、君に侵入したことをいっているのかね？」

「侵入！」

鋭く言葉尻を捉えて、桜庭が繰りかえした。

「わたしを、倉庫か空き部屋のように言わないでください」

「二本挿しで犯されたのを、まだ恨んでいるんだな？」

あろうことか鷹司は、彼が擁する『タリオ』の『使徒』ドールと二人がかりで、桜庭を貫き犯したことがあるのだ。

そのときシーツに残った血の染みが、桜庭に過去を思い出させ、恐怖を蘇らせてしまった。

睨んだだけで、桜庭は応えずに、鷹司の手の力が弛んだ拍子に身を離し、窓際に寄りかかった。

キスで火照った頬を、窓ガラスにおしつけた彼は、自分の言葉が鷹司を悩ませ、後悔させるのを待った。

「いつまでも恨んでいるのはどうかと思うぞ、桜庭くん」

桜庭が望んだほど、鷹司は後悔していないらしいのは、声音で判った。

この尊大な男は、二本の男根を無理やりに受け入れさせられていながら、桜庭が感じた官能の深さを知っているのだ。

桜庭は、息のあった二人から、巧みで、濃密な攻撃をしかけられ、歓喜しつづけた夜の一部始終を鷹司が喋りだす前に、降参した。

「二度と経験したくはありませんが、恨んではいません。わたしは、あなたやドールに抱かれるのは好きです。女性のように官能に浸り、それでいて男としての絶頂を味わえるのですから、あなた方の何倍も幸せなひとときだと思っています……」

艶めかしい告白をした桜庭は、さらなる真実を伝えなければならなかった。

「ただ、挿入されて血を流したのは久しぶりだったので、子供のころを思いだしたのです。わたしの裡から決して消えないだろう忌まわしい記憶が、あの夜のせいで蘇ってしまったことでは、あなた方を憎んでいます」

教会の施設で産まれた桜庭は、実父たち聖職者から、性的な虐待を受けて育った。
だが、幼い肉体を官能で拓（ひら）かれたとき、あらたな悲劇が起こったのだ。

聖職者たちから、贖罪の儀式だと言い含められてきた夜毎の虐待行為だったが、桜庭の肉体は熟成されて、やがて愉悦に狂うようになってしまった。

桜庭は、それをさらなる罪と考えてしまい、懺悔したことで、すべてが明るみに出たのだ。

産まれてはならなかった息子が、夜毎の背徳行為を懺悔したと知った実父は、両手首と喉を掻き切って、彼が信じる宗教の教えでは赦されない自殺を遂げた。

発見したのは桜庭自身であり、断末魔にのたうつ父親の血を全身に浴びて、心が毀（こわ）れてしまったのだ。

以来、桜庭は言葉を失い、他人に触れられるだけで息ができなくなり、血と赤色を恐れるようになってしまった。

引き取ってくれたのが、四ノ宮康熙で、彼は根気強く、桜庭が、過去を過去として克服し、身も心も再生するのを見守ってくれた。

「わたしを憎く思う部分はあるが、抱かれるのは嫌ではないのだな？」

要点を、それも、自分にとっては非常に重要な部分だけをつまみ出して鷹司が聞き返したのに対し、桜庭は認めたが、苦情もまじえた。

「もう昔のわたしではありません。あなたやドールとセックスするのは平気だと言ったはずです。でも、あなた方のせいで、赤い色や血を見ると、一種の貧血状態になってしまうのです。生肉を料理するのもビクビクしなければならず、赤ワインも苦手になってしまいました……」

現在の桜庭にとって、それは重大な問題だった。

桜庭と彼の養子である龍星とルキヤは、ファイル№2018の物件『金石祐司（かないしゆうじ）』の『処理』をしくじった懲罰として、四ノ宮から特別なターゲットを与えられていたのだ。

それは、二年間も報奨金ランキングでは上位にありながら、誰もやりたがらなかった『物件』であり、三人の悪魔崇拝者たちの心臓を、生け贄にされた被害者と同じく、生きたまま取りださねばならないというものだった。

屋久島から戻ってきた今夜、総会の後で正式にエントリーするつもりだったが、龍星とルキヤはまだしも、桜庭が血に対する恐怖心を克服できなければ、とてもやり遂げられない『物件』なのだ。

だが、桜庭たちをそこまで追い込んだのは、他ならない鷹司貴誉彦だった。

いまさらそれを怨んでも仕方がない。桜庭は、自分の判断ミスと、龍星たちの未熟さが最大の原因だと反省している。

「ああ、いやですね」

困ったように、桜庭は頭を振った。

「久しぶりに逢えたというのに、なぜわたしは、こんな話をしているのでしょうか？　血が怖いなどと、知られたくはなかったのに」

自分の声にビブラートがかかっているのを、桜庭は聞き取って、いっそう落ち込みを感じた。

「わたしが悪いのだよ。くだらない嫉妬で、君にからんだからだ」

またも、鷹司が自分の非を認めたのは不思議なほどだったが、よく考えてみれば、認めて当然であり、謝罪があって当たり前なのだ。

桜庭は、頷いた。

「そうですね。あなたが悪いのです。なにもかも――」

「なにもかか？」

今度は腑に落ちない様子で、鷹司が繰りかえした。

「ええ、そうです。認めなければ、徹底的に話し合う必要があります。これからのわたしたちの関係についても」

するとと鷹司は、端整な顔をほころばせ、頷いた。

「全面的に認めよう。さて、悪いのはすべてこのわたしだと判明したところで、いま言った言葉を証明してもらえるかな、桜庭くん」

「なにを証明しろとおっしゃるのです？」

気をとりなおした桜庭が聞き返すと、鷹司は、誓いを思い出させるように、彼の首からさがったロザリオに指をかけた。

「君は、『わたしは、あなたやドールに抱かれるのは好きです』と言ったぞ」

求められているのを悟って、桜庭は濃艶な笑みを口許にうかべたが、挑むように返した。

「嘘かどうか、確かめてみたいですか？」

「すぐに、確かめたいね」

鷹司は、ラピスラズリの数珠で繋がれたロザリオを離し、詰め襟を留める釦へ指をはわせた。

「禁欲的な服は、脱がせる愉しみが一段と増すな」

前を開かれ、肌に鷹司の指が触れると、それだけで桜庭の官能が目覚めて、肉体の奥に火がついた。

脱がされるだけで、はしたなく反応してゆく下肢に、態(わざ)と触れないように気遣う男の意地悪さに対抗するため、桜庭もまた、鷹司の上着を脱がせる。

「カシミアのスーツとは、不経済な方ですね…」

気を逸らせようとしながら、桜庭は鷹司のネクタイを抜き、シャツの貝釦(ボタン)を外すと、彼の熱い肌をまさぐりはじめた。

だが、むきになり、桜庭は鷹司を全裸にさせてしまったが、あらわれた彼の前方を眸にした瞬間、肉体の奥が濡れてくるように錯覚してしまったほどだ。

「…ぁあ……」

花のように咲いた口唇から、甘い声が洩れでてしまう。

「お気に召していただけたかな？」

筋骨たくましい鷹司の下肢もまた、猛々しく、凄まじく、尊かった。

「ええ…、とても――…」

桜庭は、鷹司を手のひらに包みこみ、その熱さと、硬さに戦慄した。

慄えながらも、鷹司の感触を愉しみ、永い時間がかかったが、ようやく、自分がただ独りの男を見つけられたのだと思った。

だが、ただ独り――と言い切ってしまうのは間違っていた。

喘ぐことしかできない口唇で、桜庭はなんどか、軽い接吻を鷹司へ繰り返し、ようやく言葉を紡ぎだせた。

「…ドールは？　彼はいないのですか？」

つねに鷹司の傍らには、もう一人の男、ドールがいた。ブロンズの肌を持ち、榛色の不思議な眼と銀色の爪をした男。人形と名づけられた、『タリオ』の組織に属する処刑人だ。

鷹司貴誉彦は、桜庭へ愛を告白していながら、ドールと二人で桜庭の肉体を共有しようとする。

彼らの特殊な繋がりを考えれば、桜庭には受け容れられない範囲ではなかった。

そのうえ、二人の愛撫は、桜庭を官能で充たし、多幸感を深めてくれるのだ。

「彼が必要か？」

最後にロザリオを外させ、桜庭の身体からすべて奪いとった鷹司は、真珠のように白い裸身を抱きあげてから囁いた。

「ドールは、彼なりの用事があって出かけている。たまには、わたしと二人きりというのもいいだろう？」

ほっそりと長い首筋を撫でた鷹司は、力を込めたならばすぐに折れてしまうだろうと思うと、その危うさがぞくぞくする刺激となり、脈が速まってきた。

「え……ええ…」

擁かれた桜庭の方は、腕を伸ばして鷹司の肩にしがみつき、完璧な形をした顎を支える首筋へ、顔を埋めた。

すぐ近くにある心臓の音、――少し速まった鼓動が、心地よく耳を打つ。

樹木が発する清涼な苦みにも似た鷹司の人香にうっとりとしながら、桜庭は眸を閉じた。

一月十五日（木曜日）午後二時

寝台に運ばれた桜庭は、純白の毛皮が敷かれた上へと横たえられると、自分から両脚をひらき、鷹司の居場所をつくった。

雪よりも白く、純白の毛皮よりも甘い肌の色が、鷹司を昂らせる。

「なぜ、ベッドに毛皮を敷くのです？」

前々から訊きたかった事柄を、桜庭は口にした。

とても心地快くて、素肌で触れているだけで癒されるのだが、これもまた、恐ろしく不経済だからだ。

「憶えていないだろうが、むかし、君に一目惚れして、父に屋敷への出入りを禁じられたことがある」

「ええ、前にもそう仰っていましたね」

鷹司が、秘密を話す。

「だが何度か、こっそり入りこんだことがあって、…その時、暖炉の前に敷かれた毛皮の上で、君が眠っているのを見た」

その時の光景が感動的であり、鷹司には忘れられないのだ。

「お養父さまの部屋ですね？　暖炉の前に毛皮があったのは憶えています…」

桜庭は記憶をたぐるように、視線を動かしたが、諦めた。

「そこで眠ってしまうこともあったかもしれませんね。あまり自覚がないのですが」

「君は本を読んでいて、眠ってしまったんだろうな。近くに車椅子に座った父が居て、君をじっと見守るように見つめていた」

普段、四ノ宮は車椅子での生活で、杖を使っての移動もできるが、介添えがなければ無理だった。ゆえに、眠ってしまった桜庭を運べなかったのだろう。

「それであなたは、どうなさったのです？　その時……」

「静かに帰った。父と、土師(はじ)に知られないうちにな」

桜庭が喉を鳴らして笑った。

「知られたらどうなるのです？」

「父に殺される」

冗談とばかりに、まだ桜庭は笑っていたが、鷹司へ腕を伸ばした。

彼は、誘われるように桜庭の間に身を置くと、接吻を求めた。

求められるのと同じ激しさと、熱意でキスをかえしながら、はしたないほどにはやる気持ちで、桜庭は鷹司を引きよせていた。

接吻を繰りかえしながら、鷹司の手は桜庭の胸元へと伸ばされ、胸の突起をなぞった。

桜庭の全身を快美な感覚が貫き、乳嘴（ちくび）がきゅっと凝（しこ）る。

鷹司の口唇が這いさがり、硬くなった胸の突起を捉えた。

銜（くわ）えられただけで、強烈な快感が走り、桜庭は身体の下に敷いた毛皮を握りしめて胸を反らせ、鷹司を挟んだ膝頭に力がこもった。

兆した男の象（かたち）が、鷹司の腹部に擦れ、弾力のある体毛にもてあそばれる。

「ふっ……くっ……うっ…」

呻きとも、荒い息ともつかない声を立てて、桜庭が身悶えるのを聴き、なめらかな肌を吸い、濡らしながら、鷹司の指は、ピアノを奏でるかのように、絶妙な触れ方で下がって行った。

やがて鷹司は、左手を毛皮と桜庭の間に差し込み、ダンスを踊るように腰を抱いた。

さらに、右手のひらでは前方を包みこみ、妖しく兆した象（かたち）を、優しく押さえた。

快感に弾けてしまいそうな前方を、大きな手が、ゆっくりと撫であげる。

先端（トップ）のくびれで、手は止められたが、弄（いじ）られる桜庭は、透明な雫（しずく）をしたたらせながら、あられもなく喘いでしまった。

二度目に扱きあげられたときには、桜庭は息も絶え絶えだった。

満足な息継ぎも難しいばかりか、もう身動ぐこともできなかった。

「はぁ……っ…」

身体中が敏感になり、触れられている前方だけでなく、肉奥までもざわめいていた。

次に撫でられたら、もはや保たないだろうというところで、鷹司が舌を精路口へ差し込むようにして、透明な雫をすくった。

「あぁ……あっ…あぁぁ――…」

桜庭の身悶えとともに、溢れてくる雫をすくいとろうと、敏感な切れ込みの内側を舌先が抉りまわす。ほとんど同時に、下方から指でのしごきあげが加えられて、もはや桜庭は極限に達してしまった。

「あう――…ッ」

あまりにも簡単に、悦かされてしまったのだ。

すべてが、鷹司の喉を潤して、彼のなかへすべりおちてゆく。鷹司貴誉彦の一部になるために――。

最後の一滴までも吸いあげるように舌を使った鷹司が顔をあげると、羞恥と陶酔に眸を潤ませた桜庭が、言った。

「…あっけない……と、呆れているのでしょう?」

鷹司は口腔にひろがった潮の香に似た桜庭を味わいつくしてから、答えた。

「いや、むしろこの脆さで判る。君が、屋久島で貞淑だった証だ」

口許に笑みをうかべている鷹司の胸を、桜庭は足の爪先で思い切り蹴りあげようとして、しくじった。

特殊な訓練を受け、海外では傭兵部隊にも属していた鷹司の反射神経は研ぎ澄まされている。油断など微塵もなく、『お嬢さま育ち』の桜庭の攻撃など、はかない抵抗でしかなかったのだ。

それでも鷹司にすれば、蹴られてやってもよかったのだが、あがった足の間からかいま見えた誘惑に抗えず、つい足首を掴んでしまったのだ。

掴んだ足首を軸にして、桜庭の身体を寝台の上でひっくり返し、鷹司は両足の間に入りこんだ。

「あっ！」

あられもなく足をひろげられてしまった桜庭は、毛皮に埋もれた顔をあげ、背後の鷹司を睨んだ。

自分で足をひらくのと、力ずくでひろげられるのでは全然違う。寝台をずりあがって、鷹司から離れようとしたが、足の間に入った男は、両手で双丘を掴み、桜庭を押えこんでしまった。

それればかりか、両手でひらいた双丘の中心を、まじまじと覗きこんだのだ。

「蓮華の花色(ロータスピンク)——、君の口唇と同じ色だな」

淡い肛襞(にくひだ)の色あいを、鷹司が口にする。

「わたしのキスを待っている」

羞恥と甘美な期待で、桜庭が慄えあがるのを押さえつけ、鷹司が長く伸ばした舌先を差し入れた。

舌先に感じるなめらかな粘膜の皺を、鷹司は丹念に舐(ねぶ)ってやる。

舌の愛撫をうける桜庭は、息を乱しながら、身体を快楽で慄わせてゆくが、前と同様に、敏感な肛環(アヌス)も長くは怺えられなかった。

しなやかな腰のうねりに、せがむような想いがこもっているのを見て、鷹司が舌をひき抜くと、桜庭が、たまらずに叫んだ。

「き…きてくださいっ、もう焦らさないで、はやく——挿(い)…れてっ」

激しい欲情が、桜庭の理性を破壊してしまい、彼を、淫らで、美しい獣に変えた。

「…ああっ、はやく、わたしを満たして……」

背後から両手でひらいた双丘の中心、濡れた肉襞へ、鷹司が肉の刃をあてがう。圧(お)しつけられたのが判ると、桜庭は自分から膝を立て、腰を持ちあげた。

蓮の花色をした粘膜の襞が、貫かれる瞬間を待っている。

鷹司は掲げられた桜庭の内側へ、頭冠(せんたん)を挿し込んだ。

「うう……き…て——…っ」

自分の内側に鷹司が挿りはじめた途端、桜庭は後悔したように、鋭く息を吸いこんだ。

濡れた肛襞(にくひだ)がからみつく、熱い隘路を押し進み、鷹司がすべてを埋め込むと、桜庭は露のような雫を毛皮にしたたらせながら、喘いでいた。

「き…つい……」

あれほど望んだにも拘わらず、桜庭は鷹司を納めて、切なげに弱音を吐いた。

「どう…か、なじむまで待って…、動かないでください、…どうか——……っ」

鷹司の方も、甘美な圧迫に苛まれていて、息苦しいほどだった。

突き動かすことも、右にも左にも回せず、揺することも困難だったが、桜庭の望みを叶えてやるつもりもなかった。

彼は、勢いよく突き進みそうになるのを怺え、ゆるやかに腰を前後に動かし、狭い肛筒を行ったり来たりしはじめたのだ。

「あぁ……、あっ、あっ…」

切なげに呻いていた桜庭の声が、やがて甘い旋律を奏でてくる。

桜庭は、鷹司に抱かれることを喜んでいる自分の肉体を、制御するのを放棄した。

こみあげてくる官能の激しさに、素直に身を委ねて、できるかぎり貪欲に、長く、鷹司という男を味わい、愉しもうとすら思った。

鷹司の抽き挿しの動きにあわせて、自分からも腰を使い、肛襞を窄めたり、ゆるめたりの淫らな行為を繰りだし、それによってもたらされる快美に陶酔した。

恍惚となりながら、煮詰められたようにたかまってゆき、桜庭は、身も世もなく肉悦に悶えてよがる、一匹の雌猫となった。

膝立てていた下肢を、いっそう高々と持ちあげて鷹司に押しつけ、結合を深くさせると、両手を突っ張らせて上体を起きあがらせ、あられもなく喘いだのだ。

「あ……ああっ、いい…あっ、ああッ！」

肛襞（にくひだ）がびくびくと痙攣を放っている。鷹司は背後から桜庭の前方を圧迫して、男として精を遂げることを封じ、彼がいま感じているエクスタシスを永遠に近いものへとつなげた。

陶酔の極みに達する寸前に、鷹司は抽送（ピストン）だけでなく、回転運動（グラインド）を加え、繊細な肛筒を引っ掻きまわすように抉った。

下腹部を大きく弾ませながら、桜庭の息があがってくる。

「……はっ！　…はあっ…はあっ……」

桜庭は、身体を痙攣させながら硬直させてゆき、入りこんだ鷹司が暴れるたびに、悩ましい嗚咽を洩らし、彼の手指で塞がれた精路口から透明な雫をあふれさせた。

「——ああっ！　ああっ！……」

女の悦びに、桜庭が我を忘れて悶え狂うのを、鷹司は乱打に腰を打ち込み、愉しみながら、責めた。

「も…もうっ…独りで…っ…悦かせないでっ——あぁ…」

割れたら、二度と手に入らない貴重なグラスを扱うように、鷹司は桜庭を扱っていたが、グラスの中身を味わうための手加減は、しなかったのだ。

「うっ…うっ……うっ、うっ、うっ」

桜庭が洩らす声の間隔がせばまり、またも昇りつめてゆくのが判ると、今度は鷹司も官能をあわせ、二人が同時に絶頂を味わい、愛を受けとめあえるように腰使いをはやめた。

いままでとは違う荒々しさを増した鷹司に、桜庭が呻きをあげる。

「あっ、ああっ、う…ううっ」

けれども容赦されずに、やがて桜庭は欲情に溺れて、快楽に捕らわれた。

鷹司が解き放ったほとばしりの熱さと勢いに、上半身を弓なりに仰け反らせ、自分からも精を洩らしていたのだ。

男と女の絶頂を同時に味わわされて、力つきたように頽れた桜庭から鷹司はひき抜かずに、彼の身体を抱いて、反転させた。

「い…いや…ですっ！　抜いて、あっ！」

肛筒のなかで鷹司が回転する感覚に、桜庭が悲鳴する。

だが、すぐに桜庭はとろけてしまった。

向かいあった鷹司の腹部に、精路に残っていた名残を散らしてしまったのだ。

「素直な肉体だな、扱いてやるのが足りなかったらしい」

笑って言う鷹司を、目許を赤らめた桜庭は睨みつけたが、まだ肛筒に彼がいるのがたまらなくて、しおらしく哀願した。

「どうか…、抜いてください。そして、少し休ませてください…」

精を遂げても萎えた様子をみせない鷹司は、肛筒から抜きとらずに、桜庭の回復を待っているつもりだった。

「苦しいのか？」

見下ろしてくる双眸をまっすぐに見つめ返せずに、桜庭は顔を背けて、答えた。

「いいえ、また、悦ってしまいそうなのです」

笑みを噛み殺した鷹司は、桜庭の頬にキスを浴びせながら、耳許に囁いた。

「切ないのならば、抜いてやってもいいが、今日はこれきりというわけにはいかないぞ。総会へは一緒に行くことにして、ぎりぎりの時間まで愛しあうのだ、わたしと」

受け容れて、桜庭は頷いた。

「逢えなかった時間を埋めあわせるのだ」

がくがくと頷いて、だが桜庭は鷹司の胸を押しのけようともがいた。

「ええ、後のことはその時に考えることにして、ひとまず、わたしの内から出ていってくだされば、とても助かります」

恍惚に濡れた眸の桜庭は、肉の欲情に対して耐性のない、はしたないほど感じやすい自分を恥じるように言う。鷹司は口づけながら、一時、番(つが)いあった下肢を離すことにした。

一月十五日（木曜日）午後四時

肉の楔は離れたが、緊張がゆっくりとほどけて、共有しあった深い肉体の歓びが、いっそう心に染みこんできた。

官能と愛に満ちたすばらしい交歓だった。

桜庭は、鷹司と重なりあうようにして寝台に横たわり、彼の腕のなかにいた。

どちらもすぐには動きたくなく、まだ身体を離したくなかったが、どこかで携帯電話の着信音が鳴っているのが聞こえた。

鷹司はかすかに舌打ちをすると、桜庭から離れて寝台を降り、上着を脱ぎ落とした隣の部屋へ向かった。

残された桜庭は、俯せになり、純白の毛皮に全身を埋め、眸を閉じた。

だが、閉じた扉はすぐに開き、鷹司が戻ったのかと視線を向けた桜庭は、そこにドールを見つけた。

ハイネックの黒いセーターに、バーバリー柄のジャケットを着たドールは、犬の散歩にでも行ってきたかのような感じだった。

「ひどいな、マスターは、オレを追い払って、桜庭サンと愛しあってたんだな」

そう言って近づいてきたドールは、寝台に俯せた桜庭の顎に指をかけ、軽く持ちあげると、自分からしゃがみ込んでキスをした。

鷹司のキスに比べると、ドールのキスは、挨拶のキスのようなものだったが、この時、彼から、独特の重みのある金臭さを感じとり、桜庭は身を強張らせた。

うっとりとしていた眸が、瞬時に収斂（しゅうれん）したのを見て、ドールも悟った。

まったく、ドールにすれば信じられなかった。

血腥（ちなまぐさ）い仕事を終えて、入念にシャワーを浴び、着替えて、まるで散歩から戻ったように振る舞ったつもりだったが、桜庭はドールの皮膚に染みこむように残った血の臭いに気づいてしまったのだ。

「オレは、触らない方がいい？」

身を引いたドールを追うように、桜庭は寝台に起きあがり、艶めかしく凝視めた。

「いいえ。デザートがまだでしたから」

サングラスを外したドールの顔に、鷹司によく似た喜色がうかぶ。——彼は、ずいぶんと表情が出てきた。

ドールが服を脱ぎ落とすのを待って、桜庭は彼を寝台に腰掛けさせ、自分は床に降りた。

腰掛けたドールの前へ迫ってゆき、彼の腕に抱えあげてもらって、膝に乗る。

下肢を広げられた桜庭は、ドールの股間へと、ゆっくりと、下ろされた。

「あぁ…」

貫かれて仰け反った桜庭を抱きしめたまま、ドールが躊躇する。

もっと内部に引きこむように、桜庭が腰をくねらせた。

桜庭の求めに応じるように、ドールは腰を突きあげ、深々と自分を挿し込んだ。

「あうぅ——…」

激しい興奮がおしよせてきて、桜庭は悦び混じりの声をたてながら、ドールの胸元に顔を埋めた。

彼が纏っている血の臭いと、気配を味わい、脳が痺れてくるのを感じた。

だが桜庭は、自分を試したかった。

どこまで怺えられるのかを——。

「ああ……してっ、ドール…、気の済むように——」

「ほんとうに？」

「え、ええ…、あなたを感じさせて……っ…」

力強い腕が、桜庭の腰を両脇から抱き支え、持ちあげる。

抽きとられる快感に、仰け反り、桜庭はドールの頸（くび）に腕でしがみついた。

「あっ…んっ！」

グランスが肛襞（にくひだ）をぬけたところで、跨ったドールの腰に両脚をからみつかせた桜庭は、彼が上下運動で自分を責めたててくるのを待った。

ふたたび、身体を引き降ろされる。

「うっ！　ああぁ」

貫かれる衝撃と、挿ってくるドールの凄まじさに、桜庭が叫んだ。

叫び、呻きながら、身体を突きぬけてゆく快感を味わった。

それからは、ドールが動くたびに、桜庭はあらゆる感覚を刺激されてしまい、それによって高められた性的な悦びに、悶えて、狂った。

戻ってきた鷹司が、たまりかねて二人を引き剥がし、三人で愛しあえる形に桜庭を組み敷くと、悦楽はいっそう大きくなり、いつまでもつづいた。

一月十五日（木曜日）午後八時

世界的に死刑廃止論が高まるなか、同害報復（レックス・タリオーニス）を執行するために四ノ宮康熙が創設したのが、『タリオ』だった。

『タリオ』は、ハムラビ法典にある『目には目を、歯には歯を』、旧約聖書のレビ記の『人に傷害を加えた者は、それと同一の傷害を受けねばならない。骨折には骨折を、目には目を、歯には歯をもって人に与えたと同じ傷害を受けねばならない』というレックス・タリオーニスを施行する秘密組織なのだ。

犯した罪と同等の量刑で報いをあたえ、償わせるのは、『タリオ』の機関で教育された『使徒』と名づけられた若者たちである。

処刑人となった彼らを養成機関から買い取り、管理しながら、適切なターゲットの『処理』を行わせ、報酬を得ているのが、『幹部』と呼ばれる十九人の男たちだ。

桜庭那臣は、『タリオ』の創設者でもある四ノ宮康熙の養子（むすこ）というだけで、『幹部』に加わったが、物騒な男たちのなかでは『お嬢さん』的存在でしかなく、問題外の扱いだった。

今夜も、年度初めの総会であるから仕方なく出席したものの、自分が猟犬の集会に間違ってきてしまった狐のような気がしていた。

猟犬のボスである養父が目を光らせているので、いまは飛びかかられないが、ボスの目が届かなければ、すぐに喰い殺されてしまうだろう。ゆえに、総会が終わり、地下のラウンジへ移動してからも、他の幹部らとは距離をおいて立った。

九つあるボックス席に分散して腰掛けた彼らの周りに、着飾った女性が侍るのを、眺めていることにしたのだ。

外見は会社の社長や重役、大学教授、あるいは公務員といった雰囲気を漂わせる幹部らの本当の姿を、美女たちは知らない。接待役として、今夜だけ集められた女性たちだからだ。

彼女たちは、神父服に身を包み、壁際に立った桜庭をうまいぐあいに無視してくれたので、煩わしい思いはしないですんだが、居心地の悪さは変わらなかった。

はやくマンションへ帰りたいと願っていた。

けれども、総会に来る時は鷹司の車で来たので問題はなかったが、帰りは四ノ宮の執事土師昂青が迎えにくるまで、待たなければならなかった。

四ノ宮が、雪道の運転を決して赦してくれないからであり、桜庭は自分を心配する養父の言葉には逆らえなかったからだ。

その土師はまだ現れず、なにをしているのか、鷹司の姿も見あたらなかった。

螺旋階段の下で携帯電話を架けている男は白須洋一であり、観葉植物の陰で立ち話をしている二人も、鷹司ではない。

壁際に並んだ長椅子にも座っている人がいたが、鷹司のシルエットとは違う。

ラウンジのなかに鷹司を探してしまい、桜庭はそんな自分に苦笑した。

肉体関係ができて、恋人同士になったことを、鷹司は公にしたい様子だったが、余計な詮索や中傷を受けたくない桜庭の方は、秘密にしておきたかった。

そうは望んでいても、鷹司のマンションから彼の車に同乗して総会に出席していたのでは、いずれ隠し通すことなどできなくなるだろう。そのうえ、彼の姿を探してしまうのだから……。

「ワインをいかがです？」

女性に声を掛けられたことで、桜庭は我に返った。

目の前に、両手にそれぞれ赤と白のグラスワインを持った妙齢の美女が立っていて、桜庭に微笑みかけていた。

「ありがとう」

桜庭は礼を口にしてから、赤のグラスワインを受けとった。

彼女の纏うドレスはレースで編まれていて、それゆえに、乳嘴（ちくび）とアンダーヘアが透けて見えている。悩殺的な美女が、甘い、擽（くすぐ）るような声で言った。

「ほんとうに、神父さんでいらっしゃいますの？」

並はずれた桜庭の美貌と、しなやかな品の良さ、独特の艶めかしさから、——こんな男（ひと）が神父のはずがないと、彼女は疑いの眼眸（まなざし）を向けているのだ。

桜庭は、扇情的なまでに紅い口唇を見つめながら、社交的な頬笑みをかえしただけで、答えなかった。

半裸の美女は、桜庭に見切りをつけ、猫のように身をくねらせながら、通り過ぎてゆく。

ほっとしたのも束の間だった。

今度は、壁を背に逃げられない桜庭に向かい、電話を終えた白須洋一が近づいてきた。

白須の目指す到達点が自分であるのを悟った桜庭は、一瞬だが逃げようかと構え、思いとどまった。

猟犬の一人である白須から、狐の自分が逃げおおせるはずもないと、諦めたのだ。

四十五歳になる白須は、精力的な体格と、感情を表さない厳つい顔、双眸に突き刺すような炯り（ひかり）を持った男で、桜庭とは過去に因縁があった。

龍星とルキヤを養成所から買い取る以前に、桜庭はミツルという少年を『使徒』に選んだ。その時に、桜庭とミツルを争ったのが白須だったのだ。

結局のところ、白須は、総帥の息子であり、新しく幹部になった桜庭にミツルを譲った。

だがそのミツルは、与えられた『タリオの使徒』としての『処理（やくめ）』だけでは物足らず、暴走をはじめ、桜庭は少年を自分の手で処分——殺すことになってしまったのだ。

桜庭がミツルの処分から立ち直れずにいた時期に、「俺ならば、ミツルを殺さずにちゃんと扱えた」そう白須から責められたことがある。

その白須洋一が目の前に立ったので、桜庭はつい身構えていた。

「四ノ宮のお嬢さんは、赤ワインが血に思えて苦手と聞いたがな、無理をするものじゃない」

スーツを纏った猟犬は、桜庭を狐よりも侮(あなど)った扱いで、「お嬢さん」と呼んだ。

「血が怖くては、我々の仕事は勤まらん」

内心の苛立ちを抑えて、桜庭は白須と向かいあった。

「何時の情報です？　もう古いのではありませんか？」

虚勢に聞こえないだろうことを願って、桜庭は熟した桜桃(チェリー)に似た香りを放つ赤ワインを、凝視(みつ)めた。

本当は、赤ワインですら、現在の桜庭は苦手なのだ。

すると白須は、桜庭の顔色よりも内心を読むような目つきをしてから、囁(ささや)き潜(ひそ)めた声で言った。

「じきにミツルの命日がくる、一緒に弔ってやろう。あいつの好きだった飲み物で」

白須の合図と同時に、バーカウンターの方からボーイが、トレイに載せた銀のゴブレットを運んできた。

「こんな血の色が、あいつは好きだった」

　奇妙な形の黒い指輪を嵌めた白須の手が伸びてきて、桜庭はグラスを取りあげられ、替わりにゴブレットを渡された。

　温めたワインを飲むために作られた銀製のゴブレットに入っていたのは、赤黒く濁った本物の血だった。

　桜庭の放った戦慄を確かめながら、白須が耳許に口唇を近づけた。

「気分が悪くなったら、介抱してあげよう」

　そう囁きながら、白須は桜庭の耳朶の裏側に埋めこまれているＩＤチップの痕を指でそっとなぞった。

「それとも、別に介抱してくれる人間を見つけたかな？　君は、罪深いほど魅力的だからな――」

　耳朶に触れられていることも、なにやら鷹司とのことを知った素振りで、勘繰った物の言い方をされていても、いまの桜庭にはそれどころではなかった。

　手の熱でゴブレットが温められて、血腥(ちなまぐさ)い、金気(かなけ)の臭いがたちあがってくるのだ。

　眸を閉じても、臭いが消えない。

　臭いが口のなかに、酸っぱいような血の味までも起こさせる。

　自分が、どこで血の味を覚えたのか……、そんなものは知らないはずなのに、血の味が口腔にひろがってくる。

頭の芯に血色の渦が巻き起こった。

渦は勢いを増して、眩暈となり、桜庭は立っていられなくなった。

手のなかから、銀のゴブレットが床に落ち、死者をも目覚めさせるかという音をたてて転がった。

真っ赤な液体が、湖のようにひろがったのを見て、もう限界となった。

まるで、そのなかに横たわる実父の屍が、桜庭には見えるかのようだった。

死の痙攣に犯されて、自分に向かって腕を伸ばしてきた父の姿だ。

桜庭を掴み取り、道連れにしようと伸ばされた腕なのだ。

「いや――」

呻いた桜庭は、手を口許にあてがい、後退った。

「大丈夫か？」

腰に強い支えとなる腕がすべりこみ、桜庭は白須に抱きかかえられていた。

誰の眼にも、白須が桜庭を口説いているように見えるだろう。そして、桜庭はその気になっていると映るだろう。

最悪なことに、ラウンジのすべての視線が、桜庭と白須に注がれていた。

そのなかのひとつは、入ってきたばかりの鷹司貴誉彦だった。

「だから言わんことじゃない。しかたのないお嬢さんだ」

あざけるような気だるい声の調子に気づいて、桜庭は白須の腕を振りほどきたかった。

だが、自分が取り落としたゴブレットから流れでた血の上に、――自殺した父のように倒れないためには、白須にしがみついていなければならなかった。

白須は、壁際の長椅子に座っていた女性を立ちあがらせ、代わりに桜庭を横たえると、ボーイに水を持ってくるように言いつけた。

二人の間が、どうやら色っぽい事態ではないと察した人々から関心が薄れてゆく。その気配を背後に感じながら、白須は長椅子に起きあがった桜庭を見下ろした。

「まさか、これほど赤い色に反応するとはな」

蒼ざめて、いっそう線が細く感じられる桜庭に、白須が呆れた口調で言った。

「あ…れ…は、なんだったのです?」

桜庭は、声に慄えが混じっていないことを祈りながら、白須に確かめずにはいられなかった。

「わたしに嫌がらせをするために、わざわざ血を――持ってきたのですか?」

「なにを言うんだ。俺は君に嫌がらせなどする気はないし、そんな必要もない。第一あれは、トマトジュースをベースにした飲み物だ。それを君が勝手に想像したんだ、血だとな」

「臭いがありました」

錯覚しようもない血腥(ちなまぐさ)い臭いがあったのだと、桜庭は訴えたが、それも白須によって一笑に付された。

「ゴブレットが銀だったからな、神経質な人間は金臭いと感じるんだろうな。君みたいな血液恐怖症(hemophobia)の人間には特にな」

——ヘモフォビア。不愉快な言われ方だった。

「そんな病名があるとは知りませんでした」

「病名はなくとも、発症例があるんじゃないのか？　少なくとも俺の目の前に一人はいる」

なにを言っても、白須によって否定されるばかりか、嘲笑の種にされると判って、桜庭は口を噤むしかなかった。

白須洋一は、用心するべき相手だった。

彼がなんの悪意もなく、ミツルの弔いを口にして、血色の飲み物を用意したとは思っていなかった。なにか、隠されているのだと思わなければならないが、いまの桜庭は頭が働かなかった。

「落ち着いたら、俺が家まで送って行こう。多少の責任は感じるからな」

次に白須がそう言ったのを、近づいてきた鷹司貴誉彦が遮った。

「桜庭くんは、土師が送ってゆきますよ、白須さん」

ボス争いをしそうな二匹の猟犬が向かいあうのを横目に、桜庭はボーイが置いていった水のグラスに口をつけた。

過剰に反応してしまった自分がいまは無性に恥ずかしかったが、次第に気分は治ってきていた。鷹司が来てくれたことで、かなりの安堵感を覚えたのだ。

たとえ鷹司が、現在の血液恐怖症が再発する原因を作った張本人だとしても、だ。

だが白須洋一という男は、今度は意図的ではないにしろ、ふたたび桜庭に衝撃と屈辱をもたらした。

原因は、またも鷹司貴誉彦だった。

「そういえば、つい先ほど知ったばかりなんだが」

白須がもったいをつけて言う。先ほど携帯電話で話していたのを見た桜庭は、彼が口にしようとしている最新の情報がなんであるのか、興味を持った。

「鷹司くんのところのドールが、ファイル№1796の『処理』を完了したそうだな、さすがだと言わせてもらうよ」

はっとした桜庭の傍らで、鷹司は白須に向かって頷いた。

「白須さんにお譲りしてもよかったのですが」

「いやいや、あれは俺にも、うちの双子(ツインズ)にも荷が重すぎる」

表情のない顔で白須が言うのを、鷹司が剣呑に返す。

「あなたほどの方が、ご謙遜は嫌味に聞こえますよ。ツインズにも失礼ではありませんか？」

白須が擁している『使徒』は、漆黒（ノア）と灰白（グリ）という名の、人種の違う双子で、彼らの有能さは、誰もが知っているのだ。

「そうですかな？」

二人の間が冷たく乾き、ひび割れてゆくのと同じく、桜庭もまた、凍りついていた。

いま話題にされているファイル№１７９６こそが、四ノ宮から懲罰として受けるよう言い渡され、今夜にでも桜庭がエントリーを予定していた『物件』だったからだ。

『悪魔崇拝の儀式と称して、捕らえた人間から生きたまま心臓を抉りだしていた三人の男女を、同じ方法で殺す』この『タリオ』の法に則（のっと）った『処理』を、桜庭は龍星とルキヤとともに、一年以内に完了させる。それで、先の金石祐司のしくじりと、それを隠蔽しようとした罪が贖われることになっていた。

ところがその『処理』を、鷹司はドールを使って終わらせてしまったと、いまはじめて知ったのだ。

感じた屈辱と怒りを抑えているだけで、心に憎しみが育ってくる。

ラウンジのなかで、他の幹部がいなければ、桜庭は鷹司に食ってかかっただろう。だが、鷹司と白須は桜庭を無視して、敵愾心（てきがいしん）の混じりあった会話に終始していた。

「遅くなりまして申しわけございません」

いまにも鷹司に飛びかかりそうな桜庭の傍らに現れたのは、四ノ宮の執事土師昴青だった。

ブラウンレンズのサングラスを掛けた土師は、琥珀色(アンバー)の肌をした、国籍も年齢も不詳な男だが、四ノ宮には忠誠を尽くし、その養子である桜庭の保護者的存在でもあった。

彼は、桜庭のコートと手袋を手に、恭しく(うやうや)頭を下げた。

「ご自宅までお送りいたします」

白須と向かいあっていた鷹司が、土師を振り返り、桜庭へも視線をめぐらせた。

「早く帰って休みたまえ、顔色が悪いぞ、桜庭くん」

鷹司は、桜庭に口を開かせる間も与えずに、ふたたび白須の方へ向きなおると、二人の会話に戻った。

「女性のいない席で、一献(いっぱい)やりませんか？」

結局、桜庭はファイル№１７９６について鷹司と話しあう機会を得られずに、土師の車に乗せられることになった。

一月十五日（木曜日）午後九時四十分

車に乗ってすぐに、桜庭は土師に問い質していた。

「ファイル№1796の『処理』を、鷹司さんが行ったと聴きました。本当でしょうか？」

穏やかな声で、土師は答えたが、桜庭を打ちのめす結果となった。

「先ほど、わたくしも確認いたしました。今日の十四時に、完了しています」

十四時と言えば、桜庭は鷹司のマンションで、彼と一緒だった。そして、ドールの不在はファイル№1796の『処理』のためだったのだ。

ドールは、洗い流してもとれないほどの血の臭いを皮膚と髪に染みこませ、戻ってきた。その彼に、桜庭は抱かれて、たっぷりと官能の海を漂わされたのだ。

「なぜです？　あの『処理』はわたしたちが行うことになっていたはずです」

「那臣さまよりも一足先に、鷹司さまのエントリーがあり、『処理』が完了したのです」

屋久島から戻った今夜、桜庭はエントリーすることになっていた。それが、父であり、『タリオ』の総帥である四ノ宮との約束だったのだが——……。

「まさか、お養父さまが彼に指図なさったのですか？　わたし…たちにはできないと思って……」

考えてみれば、ファイル№1796を与えられた翌日に、桜庭は四ノ宮から屋久島の別荘行きを誘われ、あわただしく出発したのだ。

意図的に、桜庭が本部とアクセスできない状況が作りだされたようにも思われる。

「そういった指示は、出されてはおりません。しかし総帥は、那臣さまにファイルを渡されてから、すこしお悩みになられたご様子でした。屋久島へお誘いしたのも、龍星とルキヤの二人をご自分の眼で確かめておかれたかったからだと思います」

屋久島の別荘で過ごした、穏やかな日々を思い出しながら、桜庭は問いかけていた。

「土師さん、本当のことを教えてください。お養父さまは、わたしたちをご覧になった結果、できないと判断されたのですか？　それで、鷹司さんにやらせたのではないのですか？」

すると土師から強い否定が返ってきた。

「それは、誓ってございません。率直に申しあげますと、現在の那臣さまにはお辛いだろうとご心配されておいででしたが、三人で力をあわせればやり遂げられるだろうと、お考えになられたご様子でした」

「お養父さまは、わたしたちを信じてくださったのですね？」

土師はバックミラー越しに、サングラスをかけた眼で、桜庭を凝視(みつ)めた。

彼の眼には、怯えた子供時代の桜庭が見えているのだろう。

さらに土師は、疑いを取り除くために、桜庭にとっては知りたくないことだろうが、もはや必要がなくなった秘密をも口にした。

「どうしようもない状況に陥った時には、わたしがお助けするように、仰せつかっていました。ですから、鷹司さまに指示されたということはあり得ないのでございます」

やはりどこかで、父の庇護が働いているのだと思い知らされながらも、桜庭は了解したが、鷹司に関しては納得していなかった。

「ではなぜ、二年も報奨金ランキングの上位にありながら、誰も手出ししなかった『物件』を、いまになって鷹司さんは選択し、わたしたちが留守の間にやり遂げてしまったのでしょうか?」

白々しいほど平坦に、土師が答えた。

「偶然。総帥はそのように結論されておいでです。そもそも鷹司さまご自身は、総帥が那臣さまにNo.１７９６の『物件』を託されたことをご存じないはずです。だれが、どの『物件』を請け負ったかは、『処理』が完了するまで極秘の扱いとなるものですから」

だが、桜庭が四ノ宮からファイルNo.１７９６の『処理』を命じられた日、同じ屋敷内に鷹司もいたのだ。

ファイルを人目に付く場所に置いたりはしなかったが、あの男ならば、何らかの方法で知ることはできたかも知れない。そう思うと、桜庭は焦りを感じた。

「今度は、鷹司さんに知られないうちにエントリーしなければなりません。すぐに新しい『物件』

を送ってくださるよう、お養父さま…いえ、総帥に連絡してください」

車の速度をゆるめながら、土師が告げた。

「先ほど、この件で総帥のご意見を伺いましたところ、懲罰として用意した『物件』そのものが存在しなくなったいま、那臣さまには通常の任務に戻っていただきたいとの仰せでございました」

「そういう訳にはゆきません。そんなことは、赦されないことです……」

もはや償いは必要ないと知らされて、桜庭はいっそう憤ったが、土師がやんわりと、なだめるように言った。

「総帥が赦されたのですから、それが決定でございます。つきましては、エントリー前に那臣さまへお渡しした1796のファイルをご返却くださいますよう、お願いいたします。あれは、極秘でお渡ししたものですので、わたくしが責任を持って処分いたします。また、ファイル№2018の『物件』について、鷹司さまは、決して口外なさらないでしょうから、他に誰も経緯を知りません。今後も一切知ることはございません」

これでは永遠に、鷹司に弱みを握られているようなものだった。

マンションの前に車が横付けされ、運転席から降りた土師の手で後部座席のドアが開けられた時、桜庭はすぐには降りずに、腕を伸ばして、彼の手を掴んだ。

かつて、接触恐怖症で他人に触れることができなかった桜庭を知る土師には、それだけで、強い意味がある。

桜庭は、土師を凝視め、彼に迫った。

「土師さん。あなたの考えを教えてください。建前ではなく、あなたの考えを――」

かすかな沈黙のあとで、土師は桜庭に掴まれていない方の手で、掛けているサングラスを外した。

土師はヘーゼルの瞳で桜庭を凝視めかえすと、静かに答えた。

「鷹司さまは、なんらかの方法でお知りになられたのだと思われます。総帥の遺伝子を受け継がれたご子息であるあの方は、総帥のコンピュータにアクセスする方法をお持ちです」

この時桜庭は、思いだしたように口許をおさえ、眸を閉じた。

四ノ宮からファイルを与えられて帰宅した夜、ふたたび鷹司がやってきたのだ。あの夜、鷹司は桜庭に六年越しの恋を告白し、熱烈な求愛を行った。

その強烈な行為に、つい忘れがちだったが、鷹司が押し掛けてくる最前まで、桜庭は懲罰として与えられたファイル№1796について龍星とルキヤと話しあっていたのだ。

桜庭家のリビングダイニングは、その一角を書棚で囲み、コンピュータを置いた書斎としても使っている。当然ファイルは書斎の机に置いたが、黒い独特のファイルは、知るものが見れば一目瞭然だっただろう。

鷹司は、本部のコンピュータに侵入する必要などなく、ファイルを見る機会はあったのだ。

四ノ宮が屋久島の別荘へ誘ってくれたタイミングは、偶然のものだったとしても、求愛が受け容れられた翌日から九日間ものあいだ、鷹司のように、強引で行動力のある男が、一度も電話を架けて寄こさず、逢いにもこなかった理由が判った。

桜庭たちが一年かかる『処理』を、九日間でやり遂げようとしていたからだ。

それから土師は、桜庭にとっては聞き捨てならないことを口にした。

「鷹司さまは、現在、那臣さまが血液に対しての嫌悪感を再発させる原因をつくったのがご自分であると、判ってもおられます。別の『物件』であれば、手出しなさらなかったかもしれませんが、ファイル№1796は、いまの那臣さまにはご無理と判断されて、ご自身がエントリーされたのではないか…と、わたくしは思います」

あくまでも自分の見解であると、土師は言ったが、間違っていないだろうと、桜庭にも判った。

そのうえに、自分の血液恐怖症が再発した原因が鷹司であることを土師が知っている、――彼らには、なんでも知られてしまうのだと思うと、悔しさと、諦めが心の裡で交差した。

愛情からの行為であると理解しているが、重く、煩わしくもあった。

それでも、四ノ宮が、もしもの時には桜庭の手助けをしろと土師に言いつけたのよりも悪いことに、鷹司は最初から『無理』だと判断して、行動を起こしたのだ。

鷹司の愛情表現が、そう行動させたのならば、桜庭には受け容れられなかった。

対等な人間関係での愛ではないからだ。

確かに現在は、血に対する忌まわしい記憶が蘇り、それに強く支配されてしまっているが、身体と心に傷を負い、他人に触れることすらできなかった惨めな時代を克服した桜庭にすれば、乗り越えられない障害ではないと思っている。その、自分を信じる気持ちと力を、頭から否定されたようなものなのだ。

見くびられて、侮辱されたと感じ、我慢がならなかった。

心の裡で、鷹司貴誉彦へ感じていた愛が――そう思いこんでいた感情が、死んでゆく。

――やはりあの男は、自分の天敵だったのだと、桜庭は思い知ったのだ。

「いま、わたしは哀しい、悔しい気持ちでいっぱいです」

桜庭は土師の手を放して、車から降りた。

眼の奥が熱くなり、涙がこみあげてくるのかと恐れたが、泣いたりはしなかった。

あまりに怒りが強く湧いてきたので、身体の奥から発火した熱で、涙も乾いてしまったようなのだ。

「送ってくれて、ありがとう」

「お休みなさいませ」

身を翻し、マンションの玄関へ入っていく桜庭の後ろ姿に、土師は深々と頭を下げた。

土師昴青は知っていた。身にうけた屈辱に強く反応する桜庭だからこそ、いずれ強くなれる。恐れているものを克服してゆける力を手に入れるのだと…、四ノ宮とともに桜庭を見守ってきた土師には、判っていた。

だが、桜庭を見送った後、土師は盗聴されないように携帯電話を使って、報告をすませた。

「ご指示通りにお伝えしました。お可哀相でしたが、これでよろしかったと思われます」

一月十五日（木曜日）午後八時

廊下を挟んだ自分たち専用のバスルームを出たルキヤは、裸身をバスタオルでくるんだまま部屋に戻ると、ベッドで本を読んでいる龍星を横目に、壁に嵌めこんだ鏡の前に立った。

琉希弥（ルキヤ）は、ビスクドールめいた美貌を持つ十六歳の少年で、龍星とともに『タリオ』の養成機関で訓練を受けた『使徒（しと）』と呼ばれる、――いわゆる処刑人だ。

『使徒（かれ）』らは、一人ずつ高額で『幹部』に買いとられてゆき、『処理』――『タリオ』の法を施行することを、処刑とは言わずに処理と呼ぶ――によって得られる報奨金を買い主にもたらす道具でもある。

『処理』する相手を、『物件』と呼び、依頼主が存在する場合には、有料の汚物処理と同じ扱いで契約書が交わされる。

報奨金の高い『物件』には人気があり、先に登録（エントリー）した者に決まるのだが、『幹部』は、買い取った『使徒』の適性にあわせた『物件』を選ぶことも大切だった。

いかに報奨金が出るとはいえ、複数の『使徒』を擁するのは、余裕があるか、慣れた、『幹部』にしかできない。

ところが桜庭は、養成機関でともに育ち、離れがたい絆で結ばれていた龍星とルキヤを二人一緒に買いとってくれたばかりか、養子縁組をしてくれたのだ。

桜庭自身が、家族を欲していた事情があったとしても、経済的な負担も大きかった。

よって、本当の貧乏というものを経験したことはなくとも、慢性的な経済危機にあるのが桜庭家の現状だった。

タオルを外したルキヤは、鏡に裸身を映しだすと、胸に手をあて、両側から肉をすくうように持ちあげ、乳房をつくってみた。

「胸が欲しいな」

少女の貌に、小さな胸ができあがり、つんと尖ったピンク色の乳嘴（ちくび）が、危険な淫靡さを漂わせる。

乳房のある自分を想像してか、ルキヤの双眸にうっとりとした笑みがうかんだ。

「女になりたいのか？」

ベッドに腹這い、本を読んでいた龍星が顔をあげて、鏡に映るルキヤに向かって訊いた。

「違うよ。胸が欲しいの、より深い快感を追究するために」

素早く振り返ったルキヤが、苦心してつくりだしている胸を、龍星へ見せつけながら答える。

「仕事の時に邪魔になる」

一言で否定した龍星は、ベッドに起きあがると、読んでいた本を展げ（ひろげ）、ルキヤにも見えるようにした。

「なにか着ろ、ルキヤ」

眩しいくらいに美しい乳白色（ミルクホワイト）の肌をしたルキヤが、不満げに言った。

「なんで？　寒くないよ」

「ばか、――やりたくなっちまう」

やがて威厳のある男に変わるだろう龍星は、まだ十九歳で、ルキヤとは、心も、肉体も、相性がよかった。

ルキヤの眸が、冬の夜空に煌めく妖星のように光った。

「やろう、やろうよ、ファックしよう、桜庭さんが戻ってくる前に！　迎えに行かなくていいんでしょう？」

桜庭は、雪道の運転を養父から止められている。今日の総会の送り迎えは龍星が車で行うことになっていたが、四ノ宮家の執事が代わりにやってくれると、連絡が入ったのだ。

日ごろは、小回りの利くバイクを利用しているが、龍星の方が、桜庭よりも自動車の運転は巧みで、経験も豊富だ。

ベッドに飛び移り、ルキヤは龍星の背後からしがみつくと、尻の辺りに下肢をぐいぐい押しつけ、マウンティングしながら叫んだ。

「やって、やってよ、龍星っ、わんわん、わわんっ」

龍星の首筋に噛みつく仕草をして、ルキヤがまたも「わんわん」鳴いた。

「なんだよ、それっ」

擽ったがりながらも、龍星が嫌がる。

「おねだりワンワンのマネっ」

犬のマネをしてはしゃぐルキヤを捕まえた龍星は、自分の身体から引き剥がし、ベッドに押さえこんだ。

「バカッ、やめろって、それより、桜庭さんが総会から戻ってくる前に、これを見ておけよ」

展げたページを、龍星が指し示す。ようやくルキヤの関心が、本の上へと移った。

「なにこれ…、遺跡かな?」

本に載ったカラー写真は、奈良県明日香村にある石造物遺跡のひとつ、酒船石だった。

酒船石は、高さが一メートル、長さが五メートルの石で、幅二メートルほどの平らな面に、いくつかの窪みと溝が彫られた人造物である。

「これって似てるね、ファイル№１７９６の資料のあれに……」

仕事モードに入ったルキヤは、写真の酒船石から意味を授かろうとでもするかのように、本を凝視めた。

今回は、桜庭も現場へゆくことになっている。この『物件』は、龍星とルキヤが先の『処理』でしくじり、桜庭がそれを隠蔽しようとした懲罰として命じられたものだった。

だが、長い間、報奨金ランキングの上位にありながら誰も手を付けたがらなかった、困難な『処理』でもあった。

それは、悪魔崇拝の儀式と称して、満月の夜、誘拐した若者を特殊な祭壇に大の字に縛りつけ、生きたまま心臓を抉りだしていた三人を、同じ方法で処刑するというものだったからだ。

すでに『タリオ』の施設のなかに処刑場所は確保されていて、彼らが逮捕された時に押収された石の祭壇も、用意されている。

用意できていないのは、精神鑑定の結果、医療刑務所に収容された三人の身柄だけだった。

『タリオ』の法を施行するためには、まずこの三人を、医療刑務所から連れ出さねばならない。

それから、殺された人たちと同じように、石の祭壇に括りつけて、身体を切り裂き、最後に生きたまま心臓を抉りだすのだ。

資料にある石の祭壇というのが、酒船石とよく似ているのに気づいた龍星は、屋久島から戻って以来、調べはじめた。

「酒船石って宗教的な意味があるのかな？　悪魔崇拝と関係するような？」

「宗教的な意味はあるみたいだが、悪魔崇拝と関係があるかはわからんな。なんに使われていたのか、説も色々あって、醸造用や、薬の調合に使われたとも、古代の宇宙観測盤だったとも言われてるそうだ」

龍星は№１７９６のファイルをひらき、悪魔崇拝の儀式で使用された石の祭壇を映した写真を取りだした。

「№１７９６の石祭壇は、溝や窪みがもっと複雑だな、蜘蛛の巣が張ったみたいにも見える」

彼らの祭壇は、人間を大の字に括りつけられるように、浅い凹(へこ)みが人型に彫ってあり、拘束具が取りつけてあった。

さらに、生け贄に傷をつけて血を流させる部位の下にはそれより深い窪みが彫られ、そこから滴った血や体液が溢れ出ると、溝を流れて分岐し、または合流し、別の窪みに集まる。その窪みがいっぱいになると、次の溝に流れ出し、やがて血は、祭壇の下端にある溝から、あてがわれた石の容器にたまるという仕組みになっていた。

平らな面には、ところどころに臓物を置くのか、あるいはなにか別の物——たとえば薬草や、悪魔崇拝者たちにとって意味のある物などを乗せる窪みがいつくかあり、やはり溝で繋がっていた。

儀式の最後に取りだした心臓を置くための、一際大きな窪みが、胸の横に彫ってあるのも印象的だ。

今夜、桜庭は総会から戻ってきて、この『物件』のエントリーを行い、三人で一年かけて行う。困難な仕事だが、集中した一年が過ごせるだろうと、龍星とルキヤは考えていた。

ただ、心配がないわけではない。

最近特に、桜庭が赤い色や、血に過剰に反応するようになり、怯えと、嫌悪を隠せないほどになっていたからだ。

「僕たちならやれる。いざとなったら、桜庭さんには隅で気絶しててもらえば、その方がスムーズに終わると思うな」

「あとで怒るぞ、きっと」

桜庭たち三人が等しく懲罰を受けるという意味で、一人が一人を『処理』しろということだったのだ。

「仕方ないよ、それよりも、三人をどうやって医療刑務所から連れ出すかだね」

ファイルのなかから、三人の写真を取りだした龍星が、ベッドに並べた。

悪魔を崇拝し、そのために生け贄を捧げていたのは、一人の女と二人の男だった。

女の名前は新渡戸麻理亜、彼女の近親者と思われるよく似た顔の男、會田武、そして、橋田拓郎。

リーダーはこの三十歳の新渡戸で、名前が罰当たりなまでにいかしている。

マリアだった。

「儀式は満月の夜にやってたらしいけど、僕たちは満月でなくてもいいのかな？」

「ここに、可能な限り満月の夜に処理を行うと添え書きされてるってことは、満月じゃなくてもしかたないってことだな」

一年の間に満月は、ほぼひと月に一度だが、十三夜ある。さすがに、スムーズな『処理』の妨げになるために、日時は特定されていないのだ。

「こいつら、本当に悪魔崇拝者っていうんじゃなくて、なんだか色々な宗教か、趣味の寄せ集めだな」

資料を読んだ龍星が結論をだすと、同意してルキヤも頷いた。

「趣味は殺しだよ。それに自分たちなりの正当な理由をくっつけたんだ。手口に儀式めいたやり方を好むのは、快楽殺人者の常套的なやり方だもの」

龍星が写真をファイルに戻し、本を閉じると、待ちかねていたように、ルキヤが彼をベッドに倒し、のし掛かった。

「もういい？　やろうよ龍星。桜庭さんが帰ってくる前に、僕とファックしてよっ」

腹部に跨ったルキヤは、龍星が着ているふわふわしたコットンフリースのセーターを下から捲りあげ、裸の胸に触れた。

心臓の上に手を置き、ルキヤは龍星の鼓動を探る。

「この下に、龍星の心臓があるね」

人間の心臓は、赤みがかっていて、握り拳の大きさと言われる。指先で、龍星の鼓動を感じとりながら、ルキヤが惚けて口にした。

「どうしたの？　脈が速いけど」

龍星の黒い瞳が、裡からの欲情に輝いている。

子供とも大人とも、男とも女ともつかない妖しい媚笑をうかべたルキヤは、吸いよせられるように上体を前のめりに屈めて、口唇を近づけた。

「やりたい？」

「ああ…」

二人が差しだした舌先が、尖った紅い性器のように、ちろちろと触れあって、唾液がからまる。

好きとか、愛とかいう言葉は、二人には必要がない。

養成所でともに育ち、昨日も、今日も、明日も、ずっと一緒なのだ。

腹の上からルキヤを落とした龍星は、着ているものを脱ぎ落とすと、ベッドに横たわった少年の背後から、片足を抱えた。

足を抱えられ、開いた双丘へ、龍星が挿し込まれてくる。

二度、三度、ルキヤは秘所から前方にかけて稜線を描く会陰を龍星によって擦られ、双果を突かれていたが、油断したところで、いきなりの挿入を受けた。

「うあっう……うっ…」

強引な挿入による圧迫感で、ルキヤは息が詰まったが、龍星はひときわ深く突きこんでから、思いしらせるように下肢を震わせた。

「あん……ああんっ………」

ルキヤの身体が、びくんっと反応して、たちまち官能が溢れだしてくる。

「動くぞ」

「う…うん…、やって、犯…ってよぉ…う」

龍星の抽き挿しはゆっくりだったが、頭冠(クラウン)まで抜きとると、今度は一気に奥まで貫いて、スプーンのように重なりあったまま、腰を回転(グラインド)させてくる。

やられるたびに、ルキヤがびくんっと、痙攣を起こす。

「くあっ…はぁ…んん……」

喘ぐルキヤは、うっとりした貌になり、ますます龍星はたまらなくなってゆく。

二度、三度と腰を使われて、もうルキヤは保たなかった。

「ああっ、だめッ」

すばやく、龍星の指が精路口を抑えてしまい、流出を封じると、ルキヤが小獣めいた呻きをあげた。

「はやすぎるぞ、ルキヤ」

龍星は、精路口に爪先をめり込ませて封じながら、また背後からの腰使いを繰りだす。

「もう、保たないよっ」

悲鳴をあげたルキヤを、龍星は、肛筒の奥にある、男の核(スポット)にはわざと当てずに追いあげた。

「ああッ、達(い)く、ねえ、達っちゃう、龍星ぇッ」

前方を封じた龍星の手を外してもらおうと、ルキヤが指をからめ、掻きむしる。

龍星が離した途端に、ルキヤはひときわ甲高く喘ぎ、夥(おびただ)しい悦楽を漏(も)らしていた。

絶頂によって、龍星を咥えた媚肉もすばらしい収縮を起こし、あらたな愉悦が、ルキヤを襲った。

「ん…ああう…んんっ」

女のように、感じはじめたルキヤに締めつけられる龍星にもまた、瞬間が迫ってくる。

腰使いが速まり、腹の底から、強烈なものが衝きあがってきた。

「ルキヤ……ッ」

身体を丸めるようにして、龍星はルキヤの肛筒(なか)へ、欲望をほとばしらせた。

肉欲を交歓しあった後にくる心地よい眠気に、二人は逆らわなかった。

どれくらいの時間、微睡んでいたのか判らない。

突然に、居間の方から物が投げつけられたような音——というよりは振動のようなものが伝わってきて、二人はベッドの上に跳ね起きた。

一月十五日（木曜日）午後十時三〇分

「桜庭さんッ」

身軽なルキヤの方が、先に居間へ飛び込み、『タリオ』の総会から戻ってきた、若く、美しい養父の名を呼んだ。

まだコートも脱いでいない状態の桜庭は、リビングで呆然と立っている。

前方の床が、悲惨な状況になっていた。

桜庭が大切にしている銀器や、繊細で高価な食器が納められたコレクションケース型カップボードのガラス戸が割れて、足下に携帯電話が落ちていたのだ。

状況から判断すると、なんらかの理由があって、桜庭の投げた携帯電話が、高価な蒐集品を納めたカップボードにヒットしてしまったというところだった。

運がよかったのは、割れたのがガラスだけで、なかに納められた食器が無事だったことだ。

ガラス片とともに床に落ちた携帯電話が、鳴りはじめた。

龍星とルキヤが緊迫して見守るなか、電話機に近づいた桜庭だが、拾いあげることはなかった。なんの躊躇(ためら)いもなく、尖った室内履きの爪先で電話機を踏みつけるという破壊行動に出たのだ。

踏みにじられてもしぶとく鳴りつづけた電話が、毀れたことでようやく鳴りやんだ頃には、桜庭の方の息があがっていた。

「最近の携帯電話は、なんて丈夫なんでしょうか！」

「もしかして、鷹司さんから？」

訊いたルキヤを横目に睨んで、ようやく桜庭は着ていたコートを脱いだ。自然な仕草で、背後にまわった龍星がコートを受けとる。

「ありがとう、龍星」

礼を言ってから、神父服に、ラピスラズリの数珠で繋いだロザリオを提げた桜庭那臣は、二人の養子に向きなおった。

二人がコットンフリースの室内着を着ているところから、寝ていたのを起こしてしまったのだと判った。

「二人に大切な話があります。そこに座りなさい」

桜庭からぴりぴりぴりとしたものが放たれているのを感じながら、ルキヤと龍星は、絨毯の上に散らばったガラス片をよけて、ソファーに腰を下ろした。

二人の前に立った桜庭は、心の裡とは裏腹に、とても静かに言った。

「ファイル№１７９６の『処理』は、中止となりました」

「なんで？」

間髪入れずに、ルキヤが問い返していた。龍星も、理由を聞きたいと、ソファーから身を乗りだしている。二人にすれば、先ほどまで資料を読んでいたばかりだからだ。

「本日、鷹司さんのところのドールが、わたしたちが行う予定だった№１７９６の『処理』を完了させてしまったのです」

「本当ですか？」

ドールに対して対抗意識を持つ龍星の方が、今度はルキヤよりもはやく反応した。

桜庭は頷いて肯定すると、確信している事柄を、二人に告げた。

「わたしたちが屋久島で、なにもかも忘れたようにのんびりと過ごしていた間に、鷹司さんは、いままで放っておいた№1796にエントリーしただけでなく、わたしたちが戻ってくるまでの九日間で、三人の男女を『タリオ』の法に則って『処理』したのです」

「それって…つまりは――」

言いかけたルキヤを遮って、桜庭は屈辱的な結論を口にした。

「あの男は、わたしたち……いえ、このわたしには、№1796の『処理』ができないと判断して、勝手なことをしてくれたのです」

龍星もルキヤも、返す言葉がなかった。

二人ともが、現在の桜庭を現場に連れてゆくのは足手まといになると判っていたからでもある。

「鷹司さんは、俺たちがこの『処理』を言いつけられたことを知ってたんですか？」

発せられた龍星の問いかけに、だが桜庭は答えないわけにはいかなかった。

「思いだしてみてください。わたしがあのファイルを預って戻った夜、鷹司さんとドールが我が家に押し掛けてきたことを」

求愛のために、鷹司が押し掛けてきた夜の話を、桜庭は二人にしなければならなかった。

その挙げ句、自分が鷹司の求愛を受け容れたという事実が、その後の物語としてつづくはずだが、ページが破られたかのように、ここで終わった。

「あの時、ファイルはデスクに置いてあったのです」

リビングの隅に、本棚で囲った書斎部分がある。そちらを指で指し示して、桜庭は言った。

あの夜、桜庭に求愛を受け容れられた鷹司とドールは泊まっていったのだ。夜中に、見る機会はあっただろうし、桜庭も迂闊だった。

「それだったら、僕たちはどうなるの？　新しい罰を受けるのかな？」

ルキヤの疑問を、桜庭は否定した。

「懲罰として用意された『物件』がなくなったために、もう罰は受けなくともよいそうです。これからは通常の任務に戻れということです」

「なんだか、そう聞いてもラッキーって思えないね」

聞いたルキヤも、龍星も、「ラッキー」だとは感じなかった。なんとはなしに、拍子抜けし、わだかまりが残ってしまうのだ。

むしろ、罪を償い、さっぱりしたかった。それと、№２０１８の物件『金石祐司』を処分し損なったことで失墜した自信を取り戻すためにも、困難なこの仕事はやり遂げたかった。

「あなた方には申し訳ないことをしました。わたしが不甲斐ないばかりに、あなた方の能力まで侮られるようなことになってしまいました」

「そんなことないです。もとはと言えば、俺たちが金石を処理し損なったのがいけなかったんだ」

すかさず龍星が桜庭をいたわり、ルキヤは、現実を口にした。

「懲罰がなくなったと考えて、これから僕たちはどうすればいいの？」

「そうですね――…」

桜庭たちは面目を潰されたも同然だった。

自分に価値がないような気持ちになっている現状から、這いあがる必要があった。

苛立ちを隠せずに、桜庭は居間を歩き回りはじめた。

神父服姿の彼は、優雅な身のこなしのために、内心の怒りぐあいが量りかねたが、実際は、怒り狂っていた。

怒りをうまく発散できずに、それでまた苛立っていくのだ。

できることならば、携帯電話を壊したように、物に当たり散らしたかったが、高価な調度で設えられたリビングで、それを行うのは危険すぎた。

カップボードのガラス戸を割ったように、罰が当たりそうだった。

床に散らばったガラスを見ながら歩き回っていた桜庭は、とっさに思いついたことを口にした。

「今年一年は、わたしたちで、自分へ罰を与えつづけることにするのはどうです？」

二人の眼眸がじっと自分に向けられているのを意識して、桜庭は思い切って言った。

「報奨金が低く、ランキング最下位で引き取り手のないような『物件』を選んで行うとか」

「それ、すごーくいい案だね。困難なものをやるばかりが能じゃないものね」

ルキヤはすぐに賛成した。

龍星も、異存がないと頷いたが、彼は考えていたことを、黙っていられなかった。

「けど、『処理』は俺たち二人でやります。桜庭さんは現場に来ない方がいい」

振り返って、桜庭は龍星を凝視め、問いかけた。

「龍星も、わたしが足手まといだと思いますか？」

ルキヤが睨んでいるのを承知で、龍星は答えた。

「俺は、どんなことであれ、桜庭さんに危険な場所にいて欲しくない」

日ごろの寡黙さが嘘のように、龍星はしゃべりだした。

「鷹司さんが余計なことしたのも、俺は判るんです。もちろん、腹は立つけど——、やっぱり、好きな人を危険なところにいかせたくないから、やりすぎてしまうっていう、あの人の気持ちが理解できるんです。クソッ、あの『処理』を九日間でやれるなんて、あいつらは怪物だと思うけど、俺たちにだってできない訳じゃない。時間はもっと掛かっても、絶対にやれる。自信はあるんです。けど俺は、桜庭さんをあんな奴らの血で穢したり、怖がらせたりしたくないんです」

桜庭は驚きの眸で、しゃべりつづける龍星を見ていた。

この龍星は、どこから現れたのか、いままでどこかに隠れていたのだろうか。それとも自分という存在が、彼を変えたのか？

「俺たちが『処理』するんでも、桜庭さんには、気絶しててもらいたいって思ってるくらいで……すみません。けど俺の本当の気持ち——なんです……、これは鷹司…さんと同じなんです」

俯いてしまった龍星に、桜庭は頷いた。

「いまのわたしでは、あなたにそう思われても仕方がないのは、承知しています。あなたの言うとおりにしましょう。そして、わたしはあの男には二度と逢いません」

ルキヤが反応した。

「桜庭さんが逢わないと誓っても、向こうから会いに来ると思うよ。うちのセキュリティでは、あの人たちからの強引なお宅訪問を防げそうにないもの」

思い詰めた眼をした龍星が黙っているので、ルキヤがつづけた。

「それに、桜庭さんは、鷹司さんを愛してるんじゃないの？　相思相愛なんだって思ってた」

「四文字熟語で言わないでください。それは、わたしの錯覚でした」

爪を噛みながら、桜庭が苦渋の告白をする。

「あの男に感じていたのは、愛ではなく、おそらくは——…」

鷹司貴誉彦への愛が死に絶えたいま、桜庭は自分が感じていた彼への熱い想いがなんであったのかを、分析しながら、結論を出した。

「性的充足だったのです」

「それって、そんなに、アッチがめちゃめちゃよかったってこと？」

「ええ、しばらくご無沙汰でしたからね」

臆面もなく、桜庭は答えていながら、どこか言い訳じみた感じに付けくわえた。

「しかしわたしは、男に抱かれるのが好きなわけではありません」

「だったら、女の人と恋愛してるの？」

鋭くルキヤが突っ込んでくる。

龍星は、桜庭が味わっただろう鷹司からの快感以外のことを考えようとしていた。

「いいえ、それに関しては、男よりも経験がありません。未知の領域です。なにしろわたしは、数年前まで接触恐怖症で引きこもりだったので、女性と知りあう切っ掛けがなかったのですから…、これからは、女性も試してみたいと思います」

ラウンジで会った美女を思い出しながら、桜庭は言った。

「女の人と、愛しあえそう？」

「判りませんが、わたしは貞操観念が欠けている方だと思いますので、大丈夫かもしれません。こうなったら、チャレンジしてみる必要はありますね」

「なんていうのか、桜庭さんは前向きだね。そう思うな、尊敬しちゃうくらい」

冷やかしでなくルキヤが言うと、桜庭は自分でも認めた。

「わたしはそうやって生きてきたのです。前向きに努力して、困難を克服する……。あの男は、わたしを愛していると言いながら、そのわたしを理解してくれなかった。むしろ、わたしを妨げたようなものです。そのうえ、大切なあなた方までも虚仮にされてしまった。そこまでされて、彼を愛しつづけることなどできません。わたしには！」

龍星が瞳を揺らがせた。

「俺のことも……赦せないと思いますか？」

「いいえ、龍星の気持ちは判りました。わたしが、いつもあなた方を送り出してから戻ってくるまで心配しているのと同じです。お養父さまも、№１７９６のファイルをわたしに渡したあと、執事の土師さんに、密かに、もしもの時は手助けするようにと言っておられたそうです。お養父さまにも、腹を立てているわけではありません。鷹司さんのやり方が、赦せないのです」

だが、六年前。

蹲っていた暗闇のなかから桜庭に立ちあがる力をくれたのは、鷹司だった。

鷹司に、桜庭は負った心の傷を見抜かれ、「かわいそう」と、哀れまれた屈辱が、原動力となり、ここまで来られたのだ。

忘れているわけではないが、対等な関係で愛しあっていたいと願う桜庭は、やはり鷹司を赦せないのだった。

一月十六日（金曜日）午後六時

「久しぶり、お元気でしたか？」

アスレチック・ジムのサウナから出たルキヤの前に、ドールが現れて、声を掛けてきた。

龍星とルキヤが通うアスレチック・ジムは、鷹司貴誉彦と、彼の『使徒』であるドールも会員だったのだ。

ゆえに、期せずして顔をあわせてしまうことがある。それでも今日は、顔をあわせたくなかったので時間をずらしてきたのだが、ドールの方が、ルキヤたちを待ち伏せていたようなタイミングだった。

青みがかった金色（ブロンズ）の肌と、榛色（ヘーゼル）の瞳を持つ精悍な青年ドール、――龍星とルキヤは半信半疑だったが、鷹司のクローンであるという。

「昨日帰ってきたのでしょう？　ヤクシマはどうでした？」

しばらくぶりに聞いたドールの声は、コンピュータが作りだす合成音に似ている気がした。体温

がなく、微妙に言葉の高低が外れているのだ。

ルキヤがドールと話しているのに気づいた龍星もサウナから出たが、あからさまに険悪な態度をとらないように気をつけた。

ファイル№1796を彼らに横取りされたという気持ちはあるが、同時に、桜庭を危険に巻きこまなくてすんだという安堵の気持ちもあり、その二つが彼の裡で複雑な均衡を保っていたからだ。

会員制の高級アスレチック・ジムだが、夕方からはいささか混みあってくる。

三人は、人々の注意を引かないように、ごく自然に、並んで歩きはじめた。

ルキヤと龍星がシャワーを浴び、着替えのために更衣室(クロークルーム)へ行くのを追って、ふたたびドールが話しかけてきた。

「ウチで、夕食を一緒にどおですか？　お二人サン」

「断る」

龍星が即座に拒絶したのとは違い、ルキヤは柔軟な思考で、聞き返した。

「鷹司さんも一緒？」

「マスターは、昨日の総会から戻ってきませんでした。大忙しで帰って来られないので、しばらく留守デス」

桜庭は、龍星とルキヤに自分を「お養父さま」と呼ばせたがるが、ドールは、鷹司をマスターと呼び、自分を「マスターの人形」だと言って憚らない。

『タリオ』の幹部と、『使徒』との間の主従関係が、こういう些細なところにでている気がする。

それからすれば、龍星とルキヤを養子にした桜庭は、甘すぎるか、優しすぎると言えた。

だからといって、二十三歳の桜庭を、十九歳と十六歳の二人は「お養父さま」などとは呼べなかったが……。

鷹司が不在であると聞いて、彼に会いたくない龍星の気持ちも少しばかり動かされたが、ここはルキヤに任せた方が巧くゆくと判断して、言った。

「ルキヤが行って来ればいい、俺は、帰ってやりたいことがあるからな」

一心同体のように育った龍星の心を、ルキヤは理解している。そしてルキヤ自身も、ドールから聞き出したかった。

どうやって、№１７９６の『処理』を完了させたのかを――。

一月十六日（金曜日）午後七時三〇分

食器を片づけた鷹司家のダイニングテーブルに載っているのは、全裸になったルキヤだった。

ジムで夕食に誘われ、ついてきたルキヤだったが、まさかドールの手料理が食べられるとは思わなかった。

それもインド料理で、炒めた野菜を蒸し煮したサブジに、脱皮したてのソフトシェルクラブのマリネ、タンドリーチキン、サフランライス、アイスクリームのデザート…、どれも美味しかった。

ルキヤは、それだけの料理をつくってから、ジムで自分たちを待っていたドールの心情を、「なぜだろうか?」と思い、訊かずにはいられなかった。

「ぜんぶは食べれなかったけど、美味しかった。ドールに料理ができるなんて思わなかったな、でもどうして、インド料理?」

するとドールは、サングラスを外して、普段は隠しているヘーゼルの眸でルキヤを凝視めた。

瞳に、表情が宿っているように見えるのは、キャンドルの灯りのせいかもしれないが、ルキヤは初めて会った時よりも、ドールが少しずつ変わってきているのを感じた。

「ヘンだな? マスターのところにくるお客サマは、オレのインド料理を食べると、ほとんど必ずカーマスートラの話になるから、オレも、そこからルキヤをクドクつもりだったんだよ」

「カーマスートラ!」

可笑しくなって、ルキヤは叫んだ。

「鷹司さんのお客さんて、そういう人ばっかりなの? それでドールは、誰かを口説くのにいつもインド料理をつくるの？」

喉を鳴らして笑うルキヤに対して、ドールは気を悪くした様子も見せずに、答えた。

「クドこうとしたのは、キミが初めてだよ、ルキヤ」

「ほんとう？　もし本当だったら、嬉しいけど」

眸に悩殺的な力を込めて、ルキヤはブロンズ色の肌を持つ、年齢不詳の青年を見つめ返した。

「ウソは言わないよ。オレは――」

だがドールは、本当のことを総て話すというわけでもない。彼は、鷹司とともに桜庭の愛人であり、桜庭を抱いてきたが、それはルキヤには告げていないのだ。

「だったらさ、ドール。インド料理じゃなくても、僕を口説けるよ、とっても簡単に」

「教えてください、ルキヤ。キミをクドク方法」

「ファイル№1796をどう『処理』したのか、僕に話してくれればいいのさ、それだけで、僕は、濡れて、――勃っちゃうよ」

ドールは、ルキヤが知っているのを不思議とは思わなかった。

昨夜の総会で、『幹部』の一人である白須洋一がその件を話題にしたのを、鷹司からの電話で聞いていたのだ。その場には桜庭もいたというから、一夜明けて、ルキヤが知っていても当然だった。

対してルキヤの方は、自分たちが懲罰として与えられたファイル№1796を、エントリーする寸前に、鷹司とドールが気を利かせて——というよりは、お節介で『処理』してしまったと思っていたので、彼に訊けば、簡単に話してくれるだろうと思っていた。

夕食の招きを受けた目的が、それだった。

「どうやって医療刑務所から連れ出せたのか、心臓をえぐりだす感触を聴かせてよ。知りたいんだ。そうして、僕も味わいたいな、ドールがやったと同じ体験(こと)を」

ルキヤは自分からそう話題を振ったことで、全裸になり、悪魔崇拝者たちが生け贄を縛りつけたのと同じポーズで、ダイニングテーブルに横たわることになったのだ。

ミルクのような肌の色が、艶やかな黒檀の上でいっそう映えて美しく、肌理の細かさが目立っている。

両手両脚を開いて大の字になったルキヤを、極端にまばたきの少ない眸を細めて、ドールが見つめた。

「キミなら、知りたがると思ってた」

ドールの口角が、笑みに持ちあがっている。

「焦らさないで教えてよ。もう、待ちきれなくなってくるよ、僕の——」

髪の色同様に、栗毛に縁取られたルキヤの前方が、兆して、勃ちあがりかけている。先端(トップ)の包皮が剥けて、桃色の鈴が頭をだしていた。

ドールは頷くと、テーブルに横たわったルキヤの脇腹のところに腰掛け、手を伸ばした。銀色の爪が、淡色をしたルキヤの乳嘴(ちくび)を捉える。揉み潰すように撫でながら、ドールは言った。

「カレらの儀式は石の祭壇の上でおこなわれてた。変わった石の祭壇には、人が横たわる凹みがあって、流れでた血を溜める穴や窪みと、そこからあふれた血が流れてく溝が彫ってあるんだよ。穴には、植物の汁や酒を入れてあって、血と混じって、溝を流れて、最後には、足下の大きな石の瓶にたまる仕組みだったんだ」

知っていると言いたかったが、ルキヤは黙って聞いていた。

新渡戸マリアたち三人がやっていたのは、悪魔崇拝の儀式に見せかけた快楽殺人でしかなかった。溝の交差する石の祭壇に括りつけた生け贄を、生きたまま切り裂き、時間を掛けて血を流せるように、必要があれば手当てまで施してから、最後に鼓動が止まってしまう前に心臓を抉りだしていたのだ。

彼女たちは、おどろおどろしい儀式を装うことで、生け贄に恐怖心を与え、惨く殺されることに意味を持たせていた。それは、自分たちの殺人という行いに、快楽以外の理由をみつけ、名づけてやる行為でもあった。

二年以上前になるが、逮捕された時も、マリアたちは儀式を行っていた。

生け贄の血を、最後の一滴まで流させるのに夢中で、警察に包囲されているのに気づかず、踏み込まれてはじめて、狼狽したのだ。

凄惨な現場を見た警察官の何人かは、心的外傷後ストレス障害（PTSD）を発症して、退職したほどだった。

だが、三人は死刑にはならなかった。精神鑑定が行われて、三カ所の医療刑務所へ送られ、個室に収容されたのだ。

「カレらは、いつか掴まった時には精神鑑定が行われるだろうと考えて、周到に装って、死刑を免れたんだ。だから、忍び込んで脱走を持ちかけた時、すぐに乗ってきた。いくらマスターとオレでも、一度に三人を連れ出すのは無理だったから、カレら自身に行動してもらったんだ」

ドールは脱走というが、『タリオ』の政治力が働き、書類上では移送という処置になっている。

そうして三人は、期待と希望を抱いて逃げだしたものの、辿り着いた先は刑場だったのだ。

新渡戸マリアたちが実際に使っていた石の祭壇は、大がかりな『処理』を行う場合に使用する『タリオ』の刑場に運ばれ、準備が整っていたのだ。

「仲間が刻まれてくところを見せながら、三人を順に、『処理』した。なにが一番大変だったか、教えてあげる。ものスゴイ悲鳴を出されて、うるさくてたまらなかった」

「鷹司さんも一緒にやったの？」

「オレ独りで充分だったよ。それに、マスターは大切な用事があったからね、来なかった」

胸の突起を吸われて、ルキヤの上体がくねってしまう。そのルキヤを押さえつけるようにドールは歯で乳嘴（ちくび）を噛み、心臓の真上に、指で触れた。

指が、鎖骨に移動して、胸骨の上をなぞる。銀色のメスを連想させるドールの爪が、縦方向に動き、ルキヤはまるで自分が解体されてゆくような気持ちになった。

「胸の骨を取り除いてから脂肪を切ると、灰色がかった膜に包まれた心臓が動いてるのが見えたよ。もうターゲットはショック状態だったから、急がないとならなかった。掴みだして、動脈やら静脈をナイフで断った時は、あたたかい血が溢れでて、スゴイ臭いだった……」

洗っても消えなかった血の臭いを、あの日、ドールは桜庭に勘づかれてしまったのだ。それを思い出しながら、さらにつづけた。

「切り離した心臓を置く場所は決まってるんだよ。人型の横に彫られた穴に入れるんだ」

ドールの爪先が、ルキヤの乳嘴（ちくび）を弾いた。

ルキヤはくすぐったそうに身体をよじらせ、そのドールの手を掴むと、下肢へと持っていって、触れさせた。

すっかり象（かたち）を成したルキヤを、ドールは優しく撫でながら、囁いた。

「リュウセイに悪いかな？」

「そう思う？　だったら、やめれば？」

前方を昂（たかぶ）らせ、眸を欲情に濡らしながらも、そう突き放すように言うルキヤに、ドールは口づけていた。

「やめたくないよ、ルキヤ…」

「だったら来て、ドール。裸になって、愛しあおうよ」

ドールがルキヤを離したのは、服を脱ぐためだった。

「わあ……」

ブロンズ色の裸身に聳(そび)えた男の象(かたち)を見て、ルキヤが歓喜の声をあげる。

ドールに貫かれて、かき回されたら、自分はどうなってしまうのだろうかと想像するだけで、ルキヤの精路口からは潤(うる)みがあふれてくる。

裸体になったドールは、テーブルに横たわったルキヤの身体を引きよせ、腰を縁の位置まで持ってきた。

するとルキヤは、膝裏に手を掛け、自分から下肢を持ちあげてMの字形にひろげた。

白桃のような双丘が、あられもなく割れてひろがり、きゅうっと窄まった薔薇色(ローズピンク)の肛環(アヌス)が露わになる。アヌスの窄まりの上には、くねった稜線が双果へとつづいていて、もう先端がぬれぬれと光ったペニスが勃ちあがっていた。

ルキヤは、ダイニングテーブルに供されたご馳走となって、ドールの前に下肢をさらけだし、誘うように腰を振った。

腰をくねらせるたびに、ピンクの肛襞が、ひくひくと呼吸するように蠢く。

ドールの手が、上に向けて伸びたルキヤの腿の内側をなぞり、会陰の稜線を撫でて、離れた。

さらにその手が愛撫を加えてくれるのを待ち望んでいたルキヤが、不満げに鼻を鳴らす。

「カーマスートラを試したかったんじゃないの？」

「これはナンという態位？」

「知らない。僕がさせてあげるってポーズ」

セックスでも主導権を持ちたがるルキヤが、ドールに対してもそう言い、またも艶めかしく腰を蠢かせ、淫らに前後に揺すった。

すでに、なにかと交わっているかのような淫靡な動作に、ドールが駆りたてられた様子で近づき、頭冠を押しあててきた。

ルキヤの肛襞は、あてがわれた頭冠を吸いこむように、環をひろげてゆく。

テーブルは、彼がちょうど立ったままルキヤに挿入して、前屈みに力をこめられる高さだ。

「あう……う…ん」

たちまち、ルキヤは重力を味方につけて突き込んでくるドールの激しさに、喚き出さずにはいられなかった。

「う……ん……」

強烈な圧迫感が、ルキヤの余裕を失わせて、哀れに身悶えさせる。

「うぅ…くっ…う…うぅ…あ…うんっ…」

それでもルキヤは、抱えた両膝を離さずにドールを絡めとっている。

ローズピンクの環襞は、すでに伸びきった粘膜に変わり、めくれたり、押し込まれたりを繰りかえして、充血していった。

身体の肛筒を、引っ掻きながら移動する肉の傘がある。

拡げられて、内側からむさぼられているようだった。

「あっ、あんっ。あんっ！」

ルキヤは、哀れっぽい子犬のような声で喘いでいたが、ドールが繰りだす抽き挿しから、じわっと泡だつような快感を味わっていた。

埋めた腰を、ドールは力強くピストンさせながら、限界まで突き込んだ最果てで、シェークする。

「んっ！　ひぁああぁっ…」

たまらないルキヤは、前方から透明な上澄みをあふれこぼして、高い声を洩らす。

繰りかえしながら、ドールは上体を重ねあわせ、ルキヤの乳嘴を吸った。

吸いあげられて、噛まれる。

乳嘴と下半身は一直線に繋がっているかのようだった。

銜えられだけで前方がずきずきと疼き、吸いあげられれば、キュウッと快感が起こる。そのうえに、甘く噛みつかれると、あっという間に漏らしてしまいそうだ。

「あぁ…あっ…」

肛筒がきしむほどに、猛々しく突きあげられ、揺すられて、もうルキヤは限界だった。

「ああっ……！」

快感がルキヤの内からせりあがってきて、締めつけられるドールにも伝わってくる。

ドールは、ルキヤと同時に達するように自分の動きをあわせてゆき、最後に、力をこめ、ぐいと突きあげた。

「あ……ああ…ん……いぃっ……」

ルキヤから漏れた白濁の蜜が、ドールにも降りかかる。

たっぷりと注ぎこみながら、ドールは両手でルキヤの前方を扱きあげ、悦楽のすべてを搾りとって、あらたな鳴き声をあげさせた。

一月十六日（金曜日）午後九時

鷹司のところから、桜庭のマンションまでは裏道を使えば、二〇分とかからない。

ドールが運転する車で送られてきたルキヤは、マンションのエントランスに入ると、来客(ゲスト)用に用意されたロビーの椅子に座る龍星の姿を見つけた。

「龍星！　待っててくれたの？」

走りより、そう言ったルキヤの腕を掴んだ龍星が、強引な力で引っ張った。

「なんなの？　ねえ、どうしたのさ」

エレベーターに二人で乗ったが、龍星はＢ１のボタンを押し、地下へ向かった。

マンションの地下は、戸別の駐車スペースになっていて、桜庭家は奥の角地を二区画借り、バイクと車を置いていた。

壁に向かって前進で駐めてある桜庭の車の前に、龍星に連れられてきたルキヤだが、いきなりボンネットに押しつけられ、穿いているジーンズを引き下ろされた。

肌寒い夜に、腰を剥きだしにされたルキヤが、背後の龍星を振り返った。

「怒ってるの？」

だが龍星は無言で、ルキヤの身体を押さえつけた。

ボンネットがまだ熱い。この車は、つい今しがたまでエンジンが掛かっていたのだと、ルキヤは察した。

「ねえ？　あそこで待ってたの？」

龍星は、アスレチック・ジムから自宅(ここ)には戻らず、ドールのマンションの近くでルキヤを待っていた。

そして、親密になって出てきたルキヤとドールを見てしまったのだろう。

「ねえ、龍星？」

下肢をもじつかせて、ルキヤが甘い声で、龍星の名前を呼ぶ。

答えるかわりに、龍星は探りだした股間の昂りを、ルキヤの双丘にあてがい、貫いた。

「あうっ」

ボンネットに身を預けて、ルキヤは尻だけ剥きだした恰好で龍星を受け入れた。

ぐちゅ…っ…と、身体の肛筒(なか)で、ドールが注ぎこんだ体液の残りが、掻き回される音を立てた。

龍星は荒々しく突き込んで、闇雲に動きだした。

「り……龍星…、きつい…っ、あっ、あっ、あっ、あっ！」

ルキヤの足先が、抽挿の勢いで床を離れて、身体がボンネットに乗りかかってしまう。それでも龍星の勢いは止まず、そればかりか、頭冠(クラウン)のぎりぎりまでを肛環(アスス)から抜きだした瞬間に、平手で、ルキヤの尻朶(しり)を撲った。

　駐車場中に響きわたるほどの音がして、ルキヤが叫んだ。

「うあっ」

　すると龍星の指が、双丘の頂を捻(ひね)くった。

　撲たれた挙げ句に抓(つね)られて、ルキヤの双丘は赤みを走らせたが、抽挿とともに、第二打が振りおろされた。

　パァーンッと、コンクリートの駐車場に打擲音が響きわたり、地に足の着かないルキヤが、じたばたと暴れた。

「やめて、やめてよっ、龍星ッ」

　言葉とは裏腹に、次の打擲(ちょうちゃく)に襲われた時、突然にルキヤの身体が反り返り、あからさまな声があがった。

「んあああっ」

　龍星は大きく腰を使いながら、撲たれて赤くなった双丘を、爪先でひねった。

「あぁっ、あっ、やんっ！」

　スパァーンッと鳴ったと同時に、ルキヤの悲鳴がつづく。

「痛いったら、もうやめてっ、痛いよう」

広い駐車場の、角の死角とはいえ、いつ他の住人が車で帰ってくるか判らない場所だ。そのうえ、天井にある防犯カメラに映らなくとも、ルキヤの声が、そして凄まじいスパンキングの音が、録音されてしまうかもしれない。

「も――やめてよぉっ、誰か来る、きたらどうするのさ」

「やめていいのか、気持ちいいんだろう？」

言われて、ルキヤが頭を振った。

「違うよぉ……、撲たないで、龍星」

恐いほど低く、穏やかな声で、龍星は意地悪く言った。

「あいつに犯られて、ゆるゆるだぜ、ルキヤ」

「嘘っ、酷いよ、龍星っ」

抗議の声をあげたルキヤに対して、龍星はさらに残酷だった。

「これでもかよ？」

乱暴に言った龍星は、抽き挿しする猛りに人さし指を添えて太さを加え、ルキヤに突き込んだのだ。

「ひぃっ、ひぃっ」

車のボンネットの上で、ルキヤが暴れるが、龍星の押さえる力の方が強く、突きあげる勢いの方が、凄かった。

「あ…ひ……っ……裂けちゃう」

肛襞の肛筒で、ビチビチと小魚のように指を動かしてから、龍星は抽き抜き、ルキヤの耳朶を後ろから噛んで撲った。

「ああっ、はぁっ、あぁ、ぃやぁんんっ——」

スパンキングの衝撃が身体の内側にまで響いて、痛みと快感が交叉してしまう。

双丘が焼かれたように熱くなっているルキヤは、掘削するかのような勢いで突き込んでくる龍星の荒々しさに、涙ぐんでいながら、喘いだ。

「ひぃっ、ひぃっ…ああんっ！　うああんっ」

昇りつめたと同時に与えられた最後の打擲が、ルキヤを、狂わせた。

「あああっ！　いっちゃうぅっ」

官能に身悶えたルキヤは、ボンネットに爪を立てるようにして身体を突っ張らせると、肛筒の奥で、龍星が起こす痙攣を感じながら最高潮に達してしまったのだ。

ルキヤの下肢が、絶頂にバウンドする。

「…いっ……いい…っ……たまんないっ」

快感と痛みとが交互に、息も継がせずに襲ってきて、ルキヤはよがりながら、喚いていた。

龍星が最後に大きく慄えを放って、ルキヤから離れた。

ボンネットに乗っていたルキヤの身体が、コンクリートの床に滑り落ちる。しりもちをつく寸前で、龍星はルキヤの髪を掴んで、引き止めた。

「い、痛い……っ」

「舐めろ、自分が汚したんだからな」

呻いたルキヤの髪を掴んで、龍星が睨んだ。

髪を引っ張られ、身体を持ちあげられたルキヤは、ボンネットをゆっくりと流れ落ちる蜜の河を見せられた。

「舐めてきれいにしろ」

そのまま龍星の手で、顔をボンネットに押しつけられ、ルキヤは、子猫のような舌をだした。

自分がボンネットに解き放った悦楽の蜜液を、丁寧に舐め取らされて、後始末をさせられたのだ。

「もういい？　きれいになったよ」

ようやく顔をあげたルキヤを、龍星が抱きしめ、口唇をあわせるなり、荒々しくむさぼった。

キスの後で、ルキヤは龍星を上目づかいに見た。

「まだ怒ってる？」

「いや」

龍星が否定する。眸に疑いの色をうかべて、ルキヤは聞き返した。

「ほんとう?」

「ああ、最初から怒ってない」

怒っていないと言われて、今度はルキヤの方が不機嫌になってくる。

「なんでさ、ドールとセックスしてきたのに、怒らないの?」

すると龍星が、鼻先で笑った。

「なにがあっても、お前は俺のところに帰ってくる。それが判ってるから、他の男と寝ても、構わないさ」

「そうなんだ……」

面白くなさげに、ルキヤが切り返した。

「そのわりに、待ってたじゃない。それは何でなの?」

身支度を整えながら、ルキヤは龍星を横目に睨んだ。少しばかり、龍星は言いよどんだが、しかたなく答えた。

「お前を待ってたのは本当だけど、それは、家で桜庭さんと二人きりになるのが恐かったからだ」

ルキヤが龍星の胸に、拳でパンチを入れた。

「いまの激情って、僕を使って桜庭さんへのもやもやの解消ってわけなの? 龍星っ」

龍星は、養父である桜庭に性的な欲望を感じている。桜庭を抱きたくてたまらないのだが、怺えていた。

「怒ったか？」

今度は龍星がルキヤに訊く。

「すっごく痛かったし、怒ってるに決まってるだろう！」

乱暴にルキヤが叫んだ。

いつの間にか、龍星とルキヤの立場が逆転している。

「ごめん、ルキヤ、そんなに痛かったのか？」

素直に龍星が謝ってくる。そうなると、ルキヤも何時までも怒っていられないのだ。

「うん……」

双丘が、じんじんするほど熱くて、痺れている。ルキヤは、龍星に向かって、二発目のパンチを入れてから、告白した。

「でも、すっごく悦かった。撲たれるたびに、なかまで痺れちゃうし、抓られると、肛襞(あそこ)がキュウッて窄まるのが判るんだ。誰かに身体を乗っ取られてるみたいな感じで、それも悦かったよ。またやって…」

「バカっ」

貪欲なルキヤを、龍星は笑ったが、二人は手を繋いでエレベーターに向かった。

一月十六日（金曜日）午後九時

「どこから入ったのです？」

バスローブのまま脱衣室（ドレッシングルーム）をでた桜庭は、寝室のなかに鷹司貴誉彦の姿を見つけ、声に険を含ませた。

「玄関からだ」

当然だとばかりに、鷹司が答える。その彼を睨みながら、桜庭は壁づたいに歩いた。

「坊やたちは留守のようだな」

アスレチック・ジムへトレーニングに行った龍星とルキヤが、今夜は遅くなると電話を架けてきたので、桜庭は一人きりなのだ。

「帰っていただけますか？　あなたにはお逢いしたくありません」

するといかにも心外そうな表情になった鷹司が、桜庭に歩み寄ってきた。

「こ、来ないでください」

部屋のなかを、鷹司はわずか数歩で横切って、桜庭の前に立つ。

「理由は？」

桜庭と愛しあった昨日の記憶のある鷹司にすれば、拒絶の理由を知りたがるのも無理はないだろう。桜庭は、眼眸に憎しみを込めて、言った。

「ファイル№1796は、わたしたちがやることになっていたはずです」

これだけで、鷹司にはなんのことか判るだろう。桜庭の怒りに、彼は気づかねばならなかった。

「あの『物件』を狙っていたのか？　いったい、どういう考えで、あれをやりたかったのか聴かせてもらいたいな」

白々しい反応が、鷹司から返ってきたのだ。

「とぼけないでください。わたしたちが懲罰として、お養父さまからエントリーするように言われていたというのに……」

怒りで胸が締めつけられて、桜庭の声が掠れ、途切れた。

鷹司は納得した顔つきをつくりだし、頷いた。

「それをドールが片づけたので、君のご機嫌を損じてしまったというわけか？」

あくまでもしらばくれるつもりの鷹司を、桜庭は睨みつけた。

「わたしにはできないと、馬鹿にしたのですね」

「なにを言っている。そもそも、そんなことになっているとは知らなかったのだ。誤解だぞ」

桜庭の怒りを本気にしていない様子の鷹司が、笑いながら否定する。それすらも、桜庭の裡で燃えさかっている憤怒の炎に油を注いだ。

「信じません。No.1796を二年以上も放っておいて、それをいまさら、わたしたちが屋久島へ行っている間に『処理』するのは、あまりに変です」

「タイミングが悪かったな。君に疑われても仕方がない。だが、それを言うならば、与えておいて、エントリーする前に、君たちを屋久島へ連れて行った総帥にも問題があるのではないかな?」

「お養父さまは関係ありません。わたしが不愉快に感じているのは、あなたが、わたしたちにはできないと思って、横から手出ししたことです」

鷹司は、父の四ノ宮と、自分に対する桜庭の信頼度がこうまでも違うのかと、憤りながらも、説得するように言った。

「違うと言っているだろう、信じたまえ。それに放っておいたのではなく、疑わしいことがあったので内偵していたのだ。それから、君たちを侮ったわけでは決してないぞ。なにもかも偶然だ」

「嘘つき」

聞き入れずに罵った桜庭だが、その姿は鷹司にとっては非常に魅力的に映った。

「君は怒っていると、いちだんと綺麗で可愛い感じがする。放っておけないな……」

鷹司の眼眸に、愛おしむような光が揺らぐのを見て、桜庭の方は、いっそう馬鹿にされた思いがしていた。

そんなことで苛立っているのが子供じみた感情であるとも判っていたが、抑えられなかった。

「仮に、わたしが君のためにやったのだとしても、それでもよいではないか」

こんどは鷹司の方が、――二人で逢える時間は余りに少なく、その貴重な時間を言い争っていることに苛立ちを感じて、桜庭をなだめるというよりは強引に説得しようと試みた。

「いいか、実際のところ、君は自分の価値が判っていないんだ。そして同時に、自分を過大評価しすぎている」

なにを言いだすつもりか！と、桜庭の眸が険しくなり、鷹司を睨めつけた。

「君は、自分が思っているほど強くはないんだぞ。些細なことで血液恐怖症が復活してしまったように、脆い面を持っている」

「同時に二本の男性生殖器を挿れられるのが、ささいなこととは思えません」

桜庭の反論に、鷹司は苦笑したが、肯定も否定もせずにつづける。

「拳銃の撃ち方は多少の訓練を受けて、センスもいいようだが、体術に関しては、まったく女の子と一緒だ。その華奢な拳で相手を殴ったら、先に骨折するだろうな」

すべて本当に起こりそうに思われて、桜庭が言い返せずにいるのを幸いに、鷹司がさらに言葉を継いだ。

「そんな君だが、他の人間よりも優れているところを今度は見てみたらどうだ？　並はずれた美貌に、なめらかな肌、感じやすい肉体、悩殺的な声の魅力と、素晴らしいセックス。君と寝てみたい男は大勢いるだろうな、だから君は、君に甘い男たちを手玉にとって、巧みに世渡りをしていけばいいのだ」

鷹司による自分への評価を聴かされて、すっかり心がささくれてしまった桜庭は、冷ややかな視線を向けた。

「人を悪女みたいに言わないでください。そのうえ、女の子みたいといわれるなんて！」

「男たちを手玉にとれ」の前にまで遡って、桜庭は不快を露わにした。

「そんなに怒るのは、自覚がありコンプレックスに感じているからだぞ。だが、いまさら身体を鍛える必要はないさ、君は頭脳労働むきで、少なく働き、大きく稼ぐタイプだ」

「そうして、幹部会で『お嬢さん』と呼ばれて、馬鹿にされつづけろというのですか？」

「だれも君を侮ってなどいないぞ。ただ、現場あがりの幹部連中は、君の扱いがいまいち判らないのだ。だからわたしが、君のために、君のポジションを示してやったのだ。君は『お嬢さん』と彼らに呼ばれると屈辱に感じるのだろうが、そう呼び、そう認識することで、周りは安心していられるんだ。総帥が大切にしている君を、女の子のように扱えば、とりあえずはいいのだろうとな。君

AIIMにおけるECMの定義

What is

Enterprise Content Management
capture, manage, store, pres
documents related to organizat
strategies allow the management
information, wherever that informa

エンタープライズコンテンツマネジメン
で行われる処理に関わる文書の取込
テクノロジーである。
ECMツールと戦略により、どこに情報
する非構造化データの管理を可能にす

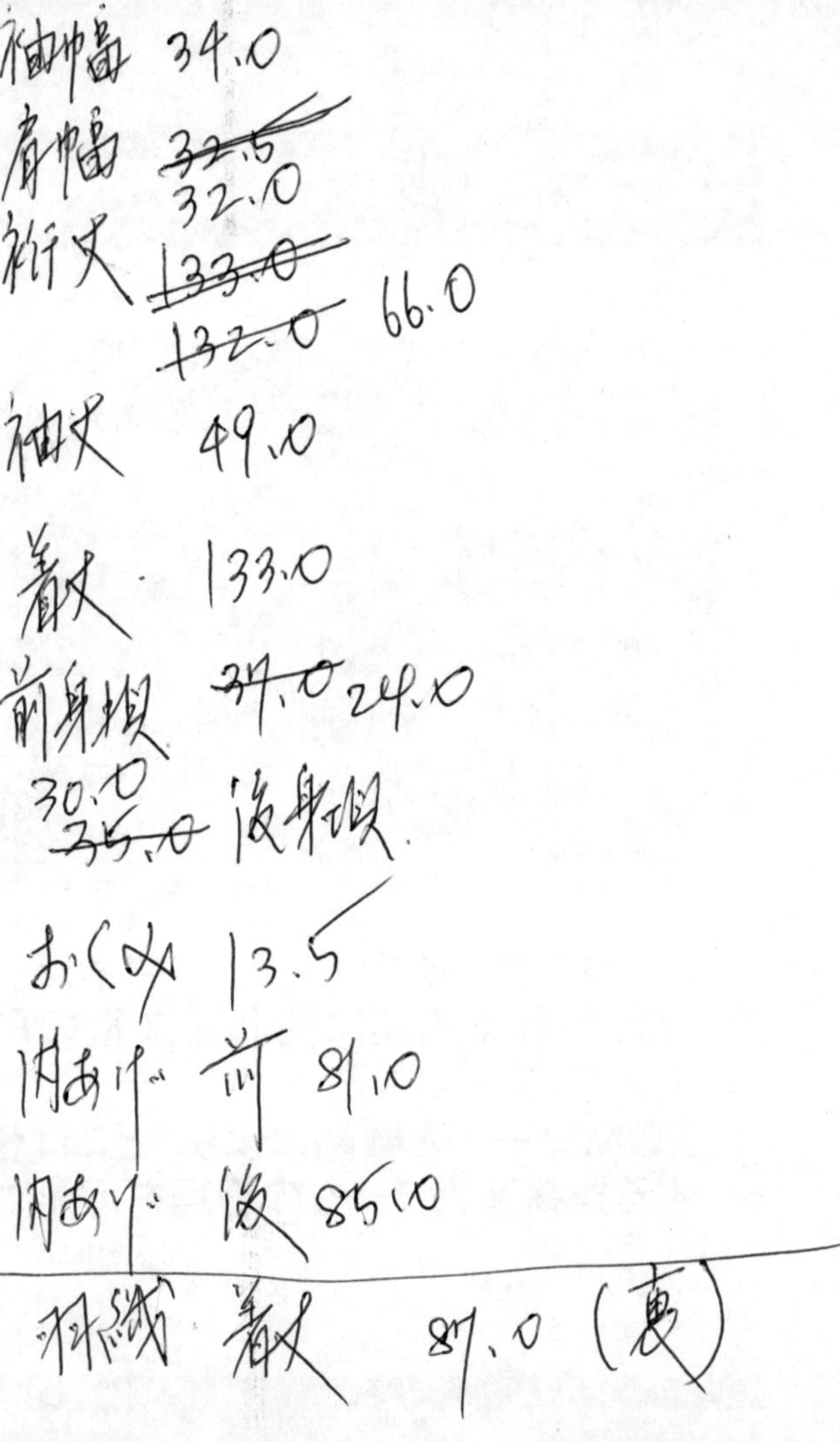

裄幅　34.0
肩幅　~~32.5~~　32.0
裄丈　~~133.0~~　~~132.0~~　66.0
袖丈　49.0
着丈　133.0
前身幅　~~37.0~~　24.0
後身幅　~~35.0~~　30.0
おくみ　13.5
内あげ　前　81.0
内あげ　後　85.0

羽織　着丈　87.0（裏）

のような男の扱いには慣れていなくとも、女の扱いならば、手慣れた連中ばかりだからな」

わざと、桜庭の劣等感を刺激する鷹司の説得は、功を奏さなかったばかりか、憎しみを煽ってしまった。

「あなたを、わたしは嫌いです」

「嫌い」という言葉に反応して、鷹司の双眸から、優しさが瞬時にかき消えた。

いまあるのは、冷たい炯りだった。

「昨日は、わたしを愛していると言った口唇から、そんな言葉は二度と聞きたくないな。訂正したまえ」

だが負けじと、桜庭が言い返す。

「愛は死にました。あなたに感じていた好意的な感情は、ほぼ二十四時間前に、わたしの裡で息絶えました」

「蘇生術ならば、知っている。試してみようか？」

双眸を和らげた鷹司が、両手を伸ばし、桜庭を抱きしめようとする。肉体を番わせあえば、桜庭の怒りが解けるとでも思っているようだった。

「いやです。二度と、あなたに触られたくはありません」

身をよじって、桜庭は鷹司の腕を解き、胸のなかから逃れでた。

「判っていると思ったがな、桜庭くん。このわたしにとって、君は、一時的な欲望の対象や、征服の相手ではないのだぞ」

「でしたら、なんだというのです？」

「運命だ」

さらにゆっくりと鷹司が繰り返した。

「hommefatal（オム・ファタール）」

――運命の男と呼ばれて、桜庭の身体は燃えるように熱くなったが、傷つけられたプライドが冷却装置となり、残酷な言葉を紡ぎ出させた。

「わたしにとって、あなたは久しぶりの男。一時の欲望の解消相手でした。わたしは、やはりあなたが嫌い――……」

鷹司の口唇に封じられて、その先の言葉は潰（つぶ）された。

口唇を塞がれながら、桜庭は呻き、身体ごと離れようとしたが、恐ろしい力で抱きすくめられていて、逃げることも、キスをやめさせることもできなかった。

濃厚で、執拗なキスを繰りかえすことで、鷹司は自分の印を、桜庭に刻み込むつもりなのだ。

空気が足りなくなって、桜庭が本気で喘ぐと、ようやく鷹司が舌を引き、口唇を離した。

「出ていってください」

接吻に濡れた口唇を、バスローブの裾でぬぐい、桜庭は鷹司を睨んだ。

「こんな言い争いをしたままで、わたしが出ていくと思うのか？」

鷹司貴誉彦の恐い部分が、彼の全身から陽炎が立ちのぼるようにゆらゆらと見えた気がして、桜庭の肉体が怯んだ。

心は憤りで沸騰しているというのに、桜庭の肉体の方は、虐められ、愛撫され、責めたてられ、とろかされつづけたせいで、鷹司の変化に反応してしまうのだ。

「出ていかずに、どうするつもりです？」

声に恐れが混じらぬように、桜庭は鷹司を睨んで問いかける。

「愛を蘇生させると言っただろう」

その言葉が終わるか終わらないうちに、鷹司は行動を起こし、桜庭は狩りたてられる狐のように、短く、鋭い叫びをあげただけだった。

もとは軍人であり、暗殺者であり、百戦錬磨の強者である鷹司を相手に、桜庭が逃げて、抗いきれるはずはなかったのだ。

追い詰められた桜庭は、抱きかかえられて、ベッドに放り投げられると、すぐに背後を襲われ、バスローブの紐で、後ろ手に縛りあげられていた。

「いやっ、いやです、縛らないでッ！」

だが鷹司は桜庭を縛りあげただけでなく、俯せた身体からバスローブを捲りあげ、無防備な下肢を剥きだしにさせた。

鷹司の視線は、足の爪先から身体の線をなぞってゆき、理想的な形にもりあがった双丘と、青い翳りが射している秘裂の辺りでしばし滞ってから、満足げに細められた。

桜庭が、俯せから横向きに身体を反転させ、いざって逃げようとすると、鷹司はベッドへあがって、腰を掴んだ。

「いやです。離してくださいッ、離してッ！」

聞き入れずに、自分の方へと抱きよせた鷹司は、ふたたび桜庭の身体を俯せに押さえこみ、双丘に手を掛けた。

掴んだ双丘を左右にひろげ、舌先を差し入れ、中心を舐めあげて潤す。

潤いを与えていた鷹司の方は、かすかな収縮を舌先に感じとると、今度は、右手の親指で、繊細な肛襞（にくひだ）を撫でた。

愛撫が桜庭を苦しめる。

彼は、口唇を噛み、身体を硬く強張らせたが、いきなり、鷹司の親指が挿り込んでくると、歯の間から呻きを絞り出して、頭を振った。

「ううっ…」

鷹司の親指は、付け根まで入りこみ、さらに四本の指とたなごころが桜庭の前方へと差し込まれて、下肢の敏感なすべてが、彼の右手のなかに納められてしまうことになった。

「ん……っ！」

指を咥えさせたまま動かすこともなく、鷹司はベッドに伏臥した桜庭の髪を掻きあげ、横顔に口づけしながら、囁いた。

「わたしの指を、君は締めつけてくる。わたしが動かさなくとも、君はじきにたまらなくなってきて、独りで悦ってしまうぞ」

決めつけた言い方をする鷹司は、その絶頂の瞬間を体感しようと、桜庭に覆いかぶさり、身体を密着させた。

桜庭の背には、鷹司の着ているスーツの柔らかな感触と、釦の冷たさが伝わってくる。そればかりか、下肢の異常も、痛いほどの圧迫となって感じられた。

「こんな悦かせられ方は、君を惨めにするだろう。わたしに愛されているのを実感できないまま、何度でも絶頂を味わわされるのだからな」

「変態！」

桜庭の罵りを、鷹司は笑ったが、稜線に触れている人差し指の付け根を絶妙に振動させた。

「は…あぁ……」

一瞬で、桜庭の首筋から胸元にかけて紅潮（あかみ）が走り、身悶えがはじまった。

甘美な疼きと同時に、桜庭の前方が昂ってくる。ベッドに押しつけた状態では、もう前方が痛いほどだった。

「ひくひくしてきたぞ、会陰（ここ）の奥も、たまらないだろう？」

自然と持ちあがってしまう桜庭の腰を、のしかかった鷹司が押し戻した。

屈辱に桜庭は身体を強張らせたが、鷹司が言ったとおりに、指を動かされてもいないのに疼きが起こってきて、狼狽した。

「……うぅ…あ…うっ…」

全身で桜庭を押さえこんだ鷹司が、シーツに押しつけられた桜庭の貌を掴みあげ、囁いた。

「十五分と持たなかったな」

桜庭の内側に興ってきた甘美な旋律は、次第に荒々しくなり、最高潮へと高まってゆく。怺えようとしても、鷹司の指の妖しい存在が、快美を醸しだしてくるのだ。

邪悪な魔法をかけられたようだった。

「あ…あなたなど……に…っ……ぁ…好きにさせないッ」

「前を硬くさせて、なにを強がっているのかな？」

「あぁ…あっ…」

うなじから耳許へ息を吹きかけるようにして囁いた鷹司が、次には声音を一変させた。

「わたしの背後に立つな、龍星」

身体の下で桜庭が戦慄を放つ。押さえつけながら、鷹司は部屋に忍び込んできた龍星に警告を発した。

一月十六日（金曜日）午後十時三〇分

「拳銃をしまい、出ていきたまえ。大人の時間だ」

「出ていくのは、あんたの方だ。桜庭さんから離れろ」

銃口を鷹司に向けた龍星が、負けじと、声に凄みを加えた。

帰宅した龍星とルキヤは、桜庭の部屋での異変を感じとり、拳銃を手に、忍び込んだのだ。

「俺は本気だ。鷹司さん」

殺気立つ龍星と異なり、ルキヤは用心深くベッドに近づくと、鷹司の無体を受けている桜庭の様子を見て、のんきな声で言った。

「いくら鷹司さんでも、いまの状態じゃ反撃は無理でしょう？」

確かにその通りだった。

鷹司の右手は、桜庭の肛環(アヌス)を貫き、左手は、ベッドに押しつけられた貌を、キスのために持ちあげようと顎を掴んでいた。

「だったら、まずは、桜庭さんのお尻から指を出してあげてよ。虐めるなんて、可哀相じゃない」

「虐めているわけではないぞ」

ルキヤに応えて、鷹司は桜庭の上から身体を離し、注意深く指を引き抜きにかかった。

鷹司は桜庭を悦かせるつもりはなく、かといって、余韻を残しておこうとしたのだが、繊細な粘膜をめくりあげて指がぬけた途端に、思いも掛けない反撃を喰らっていた。

後ろ手に縛られた桜庭だが、自由を得た足で、大胆に鷹司を蹴りあげていたのだ。

叫んで飛び退いた鷹司の前に、すばやくルキヤが立ちはだかって、ベッドの桜庭を守ろうとする。

「残酷な君を、お仕置きしてやらねばならないな」

眉根を寄せた鷹司が呻くように言うと、桜庭も負けずに、言い返した。

「また、拷問するつもりですか？」

「それも面白いな」

まだ声に痛みが混じっている鷹司に対して、桜庭は冷ややかに宣言した。

「二度と、あなたには触らせません」

「わたしの愛撫で目覚めてしまった肉体を、何時までも放っておけるものか」

指を挿入されただけで、悦かされかけていた桜庭は、不愉快になりながらも逆襲にでた。

「この世に男は、あなただけではありません」

鷹司が、鼻先で嗤った。

「白須のことを言っているのか？」

「ありがとう、ルキヤ」

ルキヤが手首の紐を解いてくれたので、桜庭はローブの前をあわせ、ベッドから降りた。

「なぜ…、白須さんの名前が出てくるのですか」

相変わらず龍星の方は、鷹司の背後で拳銃を構えている。そちらの方をまったく気にしない様子で、鷹司は桜庭と向かいあった。

「総会のあと、白須と地下のラウンジで親しげに話していた」

鷹司との桜庭の間には、ふたたびルキヤが立ちはだかったのだが、少年の存在は、二人には見えていないかのように、睨みあっていた。

「あれが親しげに見えるとしたら、あなたの心はねじ曲がっています」

呆れたように言ってから、だが桜庭は、鷹司へのしっぺい返しを思いついた。

「そういえば、あなたは先ほど教えてくれたではありませんか、『君と寝てみたい男は大勢いるだろうから、君は、そういう男を手玉にとって、巧みに世渡りをしていけばよい……』と、それならば白須さんでもいいのではありませんか？」

ようやく背筋を伸ばした鷹司が、上着のポケットに手を入れたので、龍星が緊張する。だが、彼が取り出したのは、携帯電話機だった。

「あれは、わたしのことを言ったのだ。わたしを頼れと言いたかったのだ。それに、他の男は赦さないぞ、わたしが、君にとっては最後の男だ」

「勝手に決めないで下さい」

切り捨てるように言ってから、身体の内側からぞくぞくするのを怺えられずに、桜庭は自分の肩を抱いて、両手を胸の上で交差させた。

親指を付け根まで挿入されていただけで、すっかり準備が整ってしまい、瞬間を待っている自分の肉体が、桜庭にはおぞましかった。

「早く、出ていってください」

桜庭の言葉を補うように、龍星が鷹司に向けた銃口でドアを指した。しかたなく、鷹司は帰る気になったが、その前に、手に持っていた新しい携帯電話機を、ティーテーブルの上に置いた。

「前のは通じなくなっていた。新しいのを用意した」

以前の携帯電話機は、桜庭が踏み潰して壊したのだ。

「愛しているよ」

臆面もなく、鷹司は圧倒的な言葉を口にしたが、桜庭は答えなかった。

胸を衝かれたように、一度大きく息をして、鷹司が出てゆくまで、眼を瞑っていた。

一月十六日（金曜日）午後十一時

「大丈夫ですか？」

残った龍星とルキヤが、心配そうに訊いてきたので、桜庭はベッドに腰掛け、二人を見た。

「見苦しいところを見せてしまいましたね。忘れられないでしょうが、忘れるよう努力してください」

「忘れてもいいけど、辛いんじゃない？」

ルキヤに心配されたが、桜庭は頭を振って否定した。

まだ身体の内側には、鷹司の指の感触が残っていて、濡ってくるような、淫らな感覚がある。

「わたしのことは心配しないで。二人とも、夕食は食べましたか？」

肉体を疼かせながら、なんという日常的な会話だろうと桜庭は思うが、親として訊かずにはいられなかった。

「ルキヤと一緒に食べました」

龍星が答えたので、ルキヤも、彼の嘘にあわせた。アスレチック・ジムを出た時に、龍星はルキヤと夕食を食べてから戻ると、電話しておいたのだ。

ドールのところに行ったのは、二人とも黙っていることにした。

「うん…、食べた、二人で」

それならば安心だと、桜庭は頷いた。

だがルキヤは、龍星のためにも訊かずにいられなかった。

「ねえ、答えたくないなら、無理しなくてもいいけど、白須ってだれ？」

桜庭が好きな龍星は、知りたいだろう。

彼は腕の立つ、若い猟犬だったが、その寡黙さと、シャイな性質とが邪魔していて、ルキヤが気を利かせるしかなかったのだ。以前現れた饒舌な彼は、もう隠れてしまったのだ。

「白須洋一は『タリオ』の幹部です」

端的に答えてから、桜庭は改めて二人を見回し、言葉を継いだ。

「年齢は四十五、六で、雰囲気とか、話し方は鷹司さんに似ていますね。似たような経歴の持ち主で、海外の傭兵部隊にいたとか、テロの実行犯だったとか…といった噂があります。とにかく手強い男です。双子の『使徒』を擁していて、以前、わたしとミツルを取りあったのです。その時は、わたしがミツルを手に入れましたが、結果として処分することになったので、わたしをよく思っていません。鷹司さんが勘繰ってからむのは、見当違いなのです」

必要以上の情報を二人に教えて、桜庭は小さくため息を吐いた。

『タリオ』の幹部に加わり、ミツルを買った時に、まだ鷹司は日本にいなかったのだ。

鷹司のことだから、桜庭の過去はすべて調べあげたと思うが、当事者同士でなければ判らない、微妙なものはある。白須が桜庭にからんでくるのは、そういう理由からだった。

「双子の『使徒』…って、ノアとグリのこと?」

桜庭は顔をあげて、そう言ったルキヤを見た。

「知っているのですか?」

「うん、知ってる」

ルキヤが頷き、龍星もまた、遅れて頷いた。

ノアとグリは二卵性の双子だったが、ノアの方は、黒い肌で、グリの方は、白い肌だった。

フランス人の母親は、妊娠初期に、夫と浮気相手両方の子を身籠もってしまったのだ。医学的には、まったくあり得ないことではなくとも、夫婦間ではあってはならない大問題だった。

離婚させられた母親は、産まれた子供の養育を拒否し、それを『タリオ』の養成機関が引き取った。

「俺たちが養成所にいたころと、ほんの一時、重なるんだ。あのころ、みんなその双子が恐かった」

「向こうは、あなた方を憶えているでしょうか？」

『タリオ』の養成機関は各地にあり、『使徒』の訓練を受けている者は、脱落していく者も含めて、かなりの人数にのぼる。桜庭が問うと、ルキヤは肯定した。

「たぶん、憶えてるよ。だって、……僕を最初にレイプしたの、ノアだもの、それからグリに犯られた。あいつらが買われていかなければ、もっとやられてたと思うけど」

少女めいた美貌と、しなやかさを持つルキヤが餌食になったのも無理はないだろう。

龍星は黙っている。桜庭は、はじめて知ったルキヤの傷に、自分自身までもがいたたまれなくなってきた。

「ルキヤ……」

桜庭はルキヤを招き寄せ、彼の身体を抱きしめた。

ルキヤも甘えるように桜庭にしがみつき、囁いた。

「心配しないで、その時、僕を守ってくれたのが龍星で、僕たちが出会う切っ掛けだったし、いまも僕たちは二人で、桜庭さんのところにいられる。結果よければすべてよしだよ。あいつらにレイプされてなければ、現在はないかもしれないじゃない」

「本当にそう思っていますか?」

腕のなかのルキヤを少し遠ざけ、桜庭は彼の表情を読もうとした。

「いまは幸せだよ。それが大切なんだ。前向きに生きるって、桜庭さんに教わったしね」

ルキヤは、綺麗で、可愛い笑みを浮かべている。

白須の擁するノアとグリが、ルキヤたちとも関係があると知って、桜庭の心に不安がこみあげていたが、二人にこれ以上心配を掛けないように、微笑んでみせた。

「そうですか、幸せならば、それでいいのです。……では、もう、部屋へ行きなさい。わたしは、——自分の始末をします」

言われて、弾かれたようにルキヤは後退り、龍星の袖口を掴んで引いた。

「う、うん……お休みなさい」

ルキヤが先にドアを開け、龍星がつづいて出て行くのを見ていた桜庭は、養子とした青年の、がっしりとした肩をもつ精悍な後ろ姿に、ふと、眸を奪われた。

肉奥が、需めている。

鷹司だけが、身の内の欲情を癒してくれる男ではないのだ——。

「龍星、ルキヤ」

はっと周りの空気を緊張させて龍星が振り返り、情熱を宿した黒い瞳で桜庭を凝視めた。いったんは廊下へ出たルキヤも、ドア越しに顔を出す。

「二人とも、助けてくれて、ありがとう」

桜庭が礼を言うと、本当に助けたことになるのか、二人は判らなかったが、頷いた。

ドアが閉まってから、桜庭は腰掛けていたベッドを離れ、ティーテーブルに載せられた携帯電話の前に行った。

電源が入っているので、ＯＦＦにする。それから、ふたたびバスルームへ通じるドアを開けた。

ふっと、自分の後ろから、「愛しているよ」と言い残した鷹司の言葉が、香炉（こうろ）からたゆたう煙（けむり）のように流れ込み、まとわりついてくる気がして、ドアを閉める手に力がこもった。

ドレッシングルームでバスローブを脱ぎ落とし、エレクトした前方を映しだしてみた。

鷹司の手で、かきたてられ、まだ昂っている肉体なのだ。

桜庭はバスルームにあるシャワーブースへ入ると、冷たい水を頭から浴びながら、欲望を振り払おうとした。

自分の手で触れて、解消するなど、したくなかった。

だからといって、龍星やルキヤと関係を結ぶなど、あってはならないことだった。

二人は養子とはいえ、桜庭の息子であり、親子で肌を交わらせ、欲望の交歓に浸るなど、決して赦されることではないのだ。

自分の過去が繰りかえされる気がして、それだけはいやだった。

だが、鷹司の感触が、身体中に残っている。いや、身体の内側で、妖しく息づいている。

それらを、バスローブを脱ぐように、脱ぎ落とすことができない。

「総会のあと、白須と地下のラウンジで親しげに話していた」と言った鷹司の声が、蘇ってくる。

親しげに話していたのではなかった。

白須洋一は、桜庭に嫌がらせをするために、現れたのだ。

唐突に、白須が嵌めていた指輪が思い出された。

それは黒い指輪で、見た時には奇妙な、ごちゃごちゃした形にしか映らなかったが、いま桜庭の脳裡のどこかで整理されて、記憶として蘇ってきた。

白須の嵌めていた指輪は、身体を丸めて蹲った全裸の女性を彫った黒いカメオだった。

床に拡がった血の色の液体。

あれは血ではなかったらしいが、あきらかに血の臭いがした。

舌の上に、塩辛いような血の味を感じた。

思いだした途端に、桜庭は目の前がぐるぐる回りはじめ、吐き気を感じた。

「なんてこと――、だんだん悪化していく……」

胸の動悸が速まり、乗じて息苦しさが増してくる。シャワーコックを捻るのがやっとで、手に力が入らない。

シャワーブースの四方のガラス壁が迫ってきて、窒息しそうだった。

桜庭は、あがくように扉を開けて、外へ出ると、新しいバスローブを掴んで、濡れたまま寝室へ戻り、ベッドにたどり着くなり倒れ込んだ。

肉悦を需める疼きは鎮まったが、かわりに、血の色と味を思いだしてしまい、慄えと、吐き気が治まらないのだ。

ベッドに蹲った桜庭の姿は、さながら、白須の指輪の女性のように、両膝を抱える形だった。

二月六日（金曜日）午後十二時三〇分

昼食後のデザートは、四ノ宮から届けられた温室の苺だった。

大粒の苺は、瑠璃色に金の盛りあげ模様で梅の花を散らしたノリタケの皿に載せられて、楕円皿の生クリームと一緒にテーブルを飾っている。

苺の赤と、皿の瑠璃と金の配色が、眼にも綾で、美しい。

血液を連想させる色に過剰反応する最近の桜庭だが、苺の赤は、大丈夫だった。恐怖は精神的なものなので、養父が届けてくれるものだから、起こらないのかもしれない。

現在、四ノ宮自身は海外旅行中だが、今日は、苺の他に食料品と、桜庭が着る神父服に仕立てられるように、ラピスラズリの粒子とカシミアをウールと配合した濃紺の生地が土師から届けられてきた。

桜庭家の経済的な事情を察しての援助だった。

なにしろ桜庭は、リビングのカップボードのガラスを入れ直すのにかかった費用と、新聞で見た新卒公務員の月給額が一緒だったことから受けたショックを、まだ引きずっているのだ。

龍星とルキヤの方は、苺を摘みながら、ファイル№37564の写真を見ていた。

当時大学生の男が二人。女子高校生を拉致し、監禁して散々に暴行を加えた挙げ句、殺した。

そんな男たちだが、半年前に刑期を終え、社会復帰している。

だが『タリオ』は、そういう彼らを放ってはおかないのだ。

一月の末日。

かつて自分たちがやったと同じ方法で、この二人は龍星とルキヤの手によって拉致され、『タリオ』の施設に監禁されていた。

すでに彼らは、施設内の病院で、生理的食塩水のパックを入れる隆胸手術を受けている。そして、いよいよ今日の午後、龍星とルキヤの立ち会いの元で、男から女へと性転換手術を受けるのだ。

手術時間は三時間。手術後、性行為が可能になるのは三ヶ月後。

女性に生まれ変わったところで、彼らは、自分たちが犯したと同じ方法で『処理』されることになっていた。

つまりは、監禁され、一日一食のコンビニ弁当、殴る蹴るの暴行、レイプ、肛門性交、輪姦、獣姦――と、この世の地獄を味わわされてから、殺されるのだ。

報奨金は安く、それなのに手間と時間がかかる『処理』であるから、人気がない『物件』だ。それを桜庭たちは、自分たちで償うという考えで、引き受けたのだ。

「こいつ、犯すのやだな。女になっても、魅力ないもの」

苺にたっぷりクリームをつけて食べながら、ルキヤが厭わしげに言った。

「だいいち、こんなの相手じゃ、勃たないもん」

すねた口調のルキヤを、桜庭が流し目に見た。

「なにを言っているのです。ペニスバンド着用なのですから、あなた方がエレクトするしないは関係ないはずです」

男たちから切り取ったペニスは、そのまま加工されて、彼らを犯す時の道具に使うという徹底ぶりである。

「澄ました顔で、時々すごいこと言うから、桜庭さんって恐いや」

「本当のことを言っているだけです。それに、誰もやりたがらない処理物件には、こういうものが多いのです。さて、立ち会いに、わたしも行ければいいのですが……」

現在、ささいな血でも眩暈がする桜庭に、手術室のなかを見ていろとはとても言えない。第一、倒れられても、困るのだ。

「いいよ、桜庭さんは来なくても。どうせ僕たちだって、二人も行く必要ないのに、暇だから行くんだし…、でも、帰ってきたらチョコのケーキ食べたいな。チョコレートのケーキつくって待っててくれれる?」

桜庭は微笑んだ。

「いいですよ、いつものでよければ。龍星はなにか、希望はありますか?」

「俺は特にないい――けど、ドアのロックを厳重に……」

「判っています」

あの日以来三週間。

龍星とルキヤは、鷹司の奇襲に備えて外出もほどほどに、家に籠もっていたが、彼は来なかった。桜庭の方も、落ち着いていて、「肉欲は、虫刺されと一緒だ。掻けば掻くほど我慢できなくなるが、放っておけば落ち着き、やらなくても平気になる」という論理を、二人に発表した。

ルキヤは笑い転げて、龍星は絶句した。

だが、肉体は鎮まっても、心は別だと、桜庭には判っていた。

鷹司のことは考えないようにしていたが、時にふっと、指を突っ込んで取り除きたいくらい、頭の裡が彼のことでいっぱいになるのだ。

二月六日（金曜日）午後一時

ルキヤの希望するケーキは、シンプルなホール状態の冷凍チョコレートケーキに、さらに湯煎で融かしたミルクチョコを重ねてデコレーションするものだった。

かなり甘党のルキヤのため、桜庭が試してみたら、彼は病みつきになってしまったのだ。

刻んだチョコレートを湯煎する前に、桜庭はカップボードから、コンポート形のケーキスタンドを取りだした。

里帰りしたオールドノリタケのディナープレートにも魅力を感じて、デコレーションができあがってから、ケーキに一番にあう方へ盛りつけることにしようと、取りだす。

カップボードのガラス戸を閉めた時だった。

ガラスに、桜庭の背後に立った白須洋一の姿が映った。

驚いた拍子に、桜庭の手から一〇〇年前の皿が落ちて、床の上で割れた。

「なぜ…？　どうやって、入ったのですか？」

振り返った桜庭は、目の前に白須が存在しているのを確かめ、譫言のように口走った。

だが問いかけても、その無駄を桜庭は知っていた。

鷹司がいつも簡単に入りこんでくるのだから、白須にできないはずはないのだ。

だからといって、かってに自宅に出入りされてよいわけではない。そのうえに白須は、コートを着て、手袋を嵌め、靴も履いたままだ。

「君の坊やたちはお出かけのようだな」

そう言った白須に向かって、身の危険を感じた桜庭は、先に出してあったケーキスタンドを投げつけた。

すかさず白須の腕が払いのけ、ケーキスタンドはみごとに割れて、破片を降らせた。

慌てた桜庭が、他に投げられるものを掴もうとする前に、今度は白須が、振りあげた腕を打ちおろしていた。

頬を殴られた桜庭の身体が、勢い余ってカップボードにぶつかり、床に倒れる。

入れ替えたばかりのガラス戸にヒビが走り、バラバラと破片が桜庭の上に落ちてきた。

「ミツルのことを恨んでいるのですか？」

床を後退りながら、桜庭は上目づかいに白須を睨んだまま、訊いた。

「そんなことは忘れていた。関係ない」

白須はそう答えたが、思いだしたかのように、付けくわえた。

「だがアレは、俺の許にいればいい相棒になったはずだ。君に処分されることなどなかった……」

「やはり、恨んでいらっしゃるのですね」

ゆっくりと、白須を刺激しないように身体を起きあがらせ、桜庭は床から立ちあがった。

桜庭は助けを必要としていたが、龍星たちが戻ってくるのは、まだ二時間も先だった。

「ミツルは関係ないと言ったはず」

「ではなぜ、わたしはあなたから不法侵入を受けて、殴られなければならないのですか？」

白須が鼻先で嘲笑った。

「俺は、お嬢さんを本気で殴ったりはしてないぞ」

燃えるような眼をさせて、白須が言う。

「わたしに、どうして、こんな仕打ちをなさるのです？」

「君が、鷹司貴誉彦の恋人になったと知ったからだ」

桜庭は少しばかり混乱してから、自分なりの結論を口にしてみた。

「知りませんでした。白須さんが鷹司さんをお好きだったとは」

言うなり、桜庭はまたも頬を撲たれ、その激しさと、白須の黒い指輪がこめかみをかすめた衝撃で、痺れるほどの痛みを味わわされ、声も出せなかった。

打たれたこめかみを押さえた指に、血が付く。

「ああ……」

痛みと、血のショックで後退り、ダイニングテーブルに掴まった桜庭は、白須の声が遠ざかってゆくのを感じた。

気を失うのかと恐れたが、それほどまでにはならなかった。

はっきり、白須洋一の声が聞こえた。

「鷹司とやつのドールは、我々に害をなした」

白須はそう言うと、腕を伸ばし、テーブルにしがみついた桜庭の、神父服の立襟を外し、首筋の大動脈の辺りを、指で強く押さえた。

「なにをするの…ですかっ、わたしに、触らない………で…」

ふっ…と意識が遠のき、桜庭は白須の腕に抱かれて、床に横たえられた。

桜庭が気を失っている間に、白須はポケットから取りだしたナイフを使って、耳の後ろを切り開き、埋めこまれた米粒ほどのＩＤチップを抉りだした。

少量の血が飛んで、絨毯に散る。

「ん……っ」

かすかな痛みを感じて、桜庭が眸を開ける。

「なにをしたのです？　わたしに……」

「耳の後ろに埋めこんだチップを取らせてもらっただけだ。少し、出血はしたがね」

白須はチップを壊さないように扱うと、割れて床に散らばった破片のひとつに、盛りつけるかのように置いた。

桜庭は口唇を噛んだ。肩に埋めこむことが多いチップを、桜庭は耳の後ろに埋めこまれていた。総会の後のラウンジで、白須はそれを確かめたのだ。

白須は、ナイフの先に着いた少量の血を桜庭に見せつけ、それを舐めて、拭いとった。

「さてお嬢さんには、我々と来てもらおうか」

次に白須がそう言うと、ラテックス製の黒いボディスーツを身につけた、——皮膚呼吸の必要がない生き物のような、ノアとグリが、リビングに入ってきた。

長身で筋骨たくましい二人は、黒い肌と灰色の肌という双子だったが、心の裡には同じ種類の、邪悪な炎を棲まわせている。

獣のような眼をした二人組なのだ。

白須一人でも、桜庭の手に負えないのに、双子(ツインズ)まで出てきては、もはやどうしようもない。

桜庭は、はだけられた襟元をなおしながら素直に立ちあがる。だが、従順に従うかと見せかけて、なけなしの力を振り絞り、最後の抵抗を試みた。

カウンターで仕切られたキッチンの方へ逃げようとしたのだ。

キッチンには、ナイフや、料理に使うバーナーなどがある。せめてもの抵抗になるかと思ったが、桜庭が身を翻す瞬間に、無意識にたわめた身体の動きを、彼らは見逃さなかった。

貌ではなく、腹部に容赦なく拳を入れられた桜庭は、肺から空気が押しだされ、弱々しく喘いだが、這いずって逃げようとした。

その両脇から、ノアとグリが腕を挟み、桜庭の身体を抱えあげる。二人の大男に曳(ひ)きずられて、桜庭は白須の前に引き出されていた。

「手間を掛けさせるな、まだ君を殴る時刻ではないし、余計な血は流したくないのだぞ」

桜庭は、白須の手が首筋に触れてきたのを感じて、視線を下げ、それを見た。

男の黒い指輪から、何十本もの、細く短い針が出ている。

剣山みたいだ——と思った次の瞬間に、首筋を刺され、桜庭は昏倒していた。

二月六日（金曜日）午後三時三〇分

予定よりもはやく、性転換手術が終わり、立ち会いをすませて戻った龍星とルキヤは、リビングの様子に驚き、桜庭の姿がないことに焦った。

「鷹司さんかな？　無理やり連れてっちゃったとか？」

床には、オールドノリタケの皿が破片となっており、さらに広範囲に、ケーキスタンドの残骸も散っている。取り替えたばかりのガラス戸も、ふたたび割れていた。

「あいつなら、もっとスマートにやるし、桜庭さんが大切にしてるものを、こんな姿にはさせないだろうな…」

恋敵を、――それゆえに理解している龍星が、破片のひとつを拾いあげ、ルキヤを見た。

「これは、桜庭さんからのメッセージだ」

「誰かに拉致されたってことだね？　けど、誰がそんなことをすると思う？」

「俺たちでは、見当がつかない」

龍星とルキヤには、桜庭について知らないことが多すぎた。

それでも先月は、屋久島で桜庭の養父である四ノ宮康熙を紹介された。

四ノ宮康熙は、代議士時代に暗殺されかかり、一命はとりとめたものの、以来、半身が不随となって車椅子の生活を余儀なくされている七十代の老人だった。

老人は『タリオ』の総帥でもあるから、組織の末端にいる『使徒』の身としては、総帥と親族づきあいをするなど、信じられない経験をしたことになる。

そして二人は、四ノ宮と桜庭の、濃密な親子関係を目の当たりに見て、いささか圧倒されたのだ。

親子——というよりも、四ノ宮と桜庭とは、純潔な恋人同士のようにも見えた。

その四ノ宮は、現在海外に旅行中だった。

「どうする？」

ルキヤが龍星をせかした。

「ねえ、どうするのさ」

自分に言わせる気かと、龍星はルキヤを睨んだが、緊急を要すると思えば、拘っていられなかった。

「あいつに、頼むしかないだろう？」

そう言ってから、龍星は椅子に立てかけられたクッションに、拳を打ちこんでいた。

「クソッ！」

二月六日（金曜日）午後七時

暮れた空には、満月の気配があった。

秩父にある白須の別荘に着くころには、首筋に射（う）たれた薬の効果が切れて、桜庭の意識は戻っていた。

耳の後ろが傷み、頭痛と、舌に苔でも生えたような不快感は残っていたが、車から降ろされても自分の足で立っていられた。

もっとも、両腕を、両脇からノアとグリに抱えられた桜庭は、立って、歩ける――もしかしたら走って、逃げられるかもしれないという可能性のひとつも、試すことができなかった。

桜庭は、ツインズに曳（ひ）きずられ、別荘のなかにあるアトリウムに連れこまれてようやく、自由にされた。

開閉式の屋根があけられたアトリウムには、大きな天窓から、夜の闇が差し込んでいた。

ここで、彼らが桜庭を離したのは、逃げだす心配が不要になったからではなかった。もとより、彼らが獲物を逃がすはずはなく――このアトリウムが、最終目的地であり、そこに着いたからだった。

夥しい数の蝋燭を一度に灯せる枝燭台が、至る所に配されていて、白須とツインズたちが手作業で火を点けて回る。

辺りが蝋燭の炎で明るくなってゆくのと反対に、天窓から見えていた空の闇は、しん…と、音をたてて深まった。

桜庭は気を取り直して周囲をうかがい、壁と同じモザイクタイルが張り巡らされた床の中央に、白い布が掛かったベッドのようなものが置かれているの気づいた。

水音に視線を向けると、一隅に小さな池があり、水面から顔をだした亀の首のような噴水口が見えた。

そして、桜庭は愕然となった。

確かに自分たちが入ってきたはずなのに、いまはもう、モザイクタイルの壁に、出入り口すら見つけられない。模様のなかに、ドアが隠されてしまっていたのだ。

「儀式は、満月が中天に差し掛かる十一時に最高潮を迎えるだろう」

「……儀式とは、なんのことを言っているのです?」

胸に兆したある予感に、外れてくれればいいと祈りながら、桜庭は白須に問いかけた。

ここまで来て、もはや白須には隠す必要もなかった。

彼は、大股で桜庭に近づいてくると、自分が殴ったせいで赤みを帯びた頬を撫でた。

「触らないでください」

その手を払って、桜庭が後退すると、いつの間にか背後に立っていたノアの身体にぶつかり、たちまち羽交い締めに押さえられてしまった。

「お嬢さんは、本気でこの神を信じているわけではないな、我々もそうだ」

白須の手が伸びて、桜庭の首から下がったロザリオを掴んで、引きちぎった。

ラピスラズリの数珠が飛び散り、床のモザイクタイルに当たって、澄んだ音をたてた。

「鷹司が『処理』した№１７９６の一人、新渡戸麻理亜は、俺の娘だった」

驚愕に桜庭の眸が瞠かれた。

「マリアは捕まって、医療刑務所の閉ざされた病室に入れられたが、俺はむしろホッとした。そこに居るかぎり、マリアは安全だからだ」

白須は、魅入られたように凝視めながら、桜庭の予感を現実に変えた。

「それでも、『タリオ』に登録されていたが、一度、俺がやりたい素振りを見せたら、他の幹部は遠慮して手を出さなくなった。俺は、あの娘が生きててくれれば、それだけでよかったんだ——それなのに、鷹司が、殺した」

多くの、罪なき人々を殺した娘を棚に上げ、白須は身勝手なことを口走る。この男も狂っているのだ。

「満月の今夜、幸薄かった娘のために、君を生け贄に捧げ、最後の儀式を行う」

グリが、アトリウムの中央で、白い布に覆われていたものを剥きだしにさせた。

そこに出現したのは、桜庭が資料写真で見たことがある、『酒船石』を複雑にした石の祭壇だった。

「残念ながら、これは本物ではないが、同じ役割は果たせる。君は、レプリカでも気にしないだろうな？」

「ま…待ってください」

ノアに押さえつけられ、白須の手で神父服の釦を外されてゆきながら、桜庭は呻いた。

「わたしは、処女ではありませんし…、あなた方の悪魔には、お気に召さないと思います」

白須が嗤った。

「悪魔崇拝など、切り刻むための意味づけに他ならない。儀式めいたやり方の方が、興奮するから取り入れただけだ」

殺人に快楽を覚える者の多くは、儀式めいた殺し方を好むのだ。

桜庭は、「鷹司とやつのドールは、我々に害をなした」と言った白須の言葉を思いだし、次の取引に使おうとした。

「しかし、わたしを選ぶの間違いです。わたしは、鷹司さんとは別れたのですから」

「そうかね？　だが、君をこの儀式にかければ、あの男は悲しむだろう。奴に、俺と同じ気持ちを味わわせてやるのだ」

なにを言っても、白須を止めることはできない。桜庭は、ノアの黒い腕に押さえられ、白須によって裸にされてゆきながらも逃げる方法を探したが、絶望しか浮かんでこなかった。

絶望――、そう考えた時、桜庭の心は凍りついてしまう。つねに前向きに考えなければ、桜庭の身も心も、昔に戻ってしまうのだ。

「なるほど、君は想像した以上に美しい。あの男が、気に入るはずだ」

広いアトリウムだったが、二月の夜にしては、寒くなかった。けれども桜庭は、白須の狂気に悪寒を感じて、慄えていた。

白須は、桜庭を全裸にさせてしまうと、双眸を細め、ツインズに命じた。

「儀式の前に、鷹司によって穢れた肉体をなんとかせねばならん。お嬢さんを浄めて差しあげろ」

無言で頷いたノアが、いきなり身を屈めたかと思うと、桜庭を足下から掬いあげるようにして、肩に担いでしまった。

突然に、天地が入れかわり、頭が下を向き、足先が地を離れた桜庭だが、必死に抵抗していた。

ノアの背を拳で叩き、足をばたつかせて暴れたのだ――が、黒い大男を嗤わせただけだった。

擽ったいと言わんばかりに、ノアはくっくっくっと嗤いつづけ、グリの待つ池のところまで、桜庭を運んだ。

池の水に浸けられると桜庭は覚悟したが、実際には、もっと恐ろしい受難が待っていた。

グリは、ノアが背負ってきた桜庭を受けとると、背後から膝裏に腕を入れ、赤子に放尿させる姿で噴水口にあてがったのだ。

先ほどは、水面から亀が頭を突き出したように見えた噴水口は、実際には、勃起した男根の形をしている。桜庭は、顔色を失い、叫んでいた。

「いや、いやです、そんな——ッ…」

あられもない姿にさせられた桜庭は、グリの腕を解こうと懸命になったが、大男の力には敵わない。さらに前方にノアが近づき、噴水口からあふれる水の量を変えた。

背後のグリに爪を立てようとする桜庭の手首を、ノアが掴んで封じる。

「やっ…やめてくださいッ」

桜庭は、黒と灰色の双子に挟まれた恰好で、身体を沈められた。

「ああ！　いや、いやっ！」

うつむいた桜庭の顎が、徐々にあおむいてゆき、口唇がひらいた。

膝裏を抱えられ、ひろげられた足は、弾かれたように跳ねあがり、爪先まで力が入ってゆく。

ノアに掴まれた両手の指は、折れ曲がったまま強張って動かない。

「どうした？　まさか感じたのではあるまい？」

覗きこんできた白須にも、いまの桜庭は応えられなかった。

肛筒を犯し、入ってくる水の威力に翻弄されて、背後のグリに身をあずけてしまうほどに、桜庭は、追い詰められていたのだ。

するとグリが、抱えた桜庭の身体を、腕の力で上下に動かしはじめた。

「いやッ！」

男根型の噴水口を抽挿されて、桜庭がまた、悲鳴する。

「いッ…ああッ、だめです、だめ……やめてッ………」

噴水口がぬけて、注がれた水があふれる。その勢いを制するかのように、またグリは、桜庭の腰を落とし、咥えさせた。

「んっ――…」

ノアが水量を調節する。

「くっ！…うううぅ……っ！」

桜庭は声を引き攣らせたが、目許を上気させて、美しい貌を振りたくった。

「あっあっ」

絶え入らんばかりの声と、「はあはあ」と荒々しい息づかいが、アトリウムに響きわたる。

何度か繰りかえされて、声も立てられなくなり、腹部をあえがせるばかりとなると、グリは噴水口から桜庭をぬきとり、抱いたまま祭壇に向かった。

放心したように、抱かれて行った桜庭だが、祭壇に横たえられようとした時には、さすがに抵抗して、逃げるために懸命になった。

祭壇から飛び降りて、走ったのだ。

「アアッ！　ア――ッ……」

腿の内側を、ぬるまった水が流れ落ちて、そのおぞましさに、桜庭の膝が力を失い、頽れた。

「ううう……っ…」

見越していたように、ツインズは、ゆっくりと桜庭を追ってきた。

「こ――こないで、来ないでッ！」

目の前の蜘蛛の巣を払いのけるかのような、錯乱した抵抗ぶりの桜庭を、ツインズは捕らえ、白須が追い詰める。

美しく、か弱い姿に、白須は惹きつけられてゆき、残忍な心が疼くのだ。

「来ないで――っ」

耐えがたさのなかに、異様な火照りが混じってくるのを感じて、桜庭はモザイクタイルの床に爪をたて、打ち震えて、煩悶した。

「十一時まで、まだ時間はたっぷりとあるな」

白須の言葉に、グリが反応して、桜庭の後ろへまわった。

抵抗するべくもなく、桜庭は両手首を背中で捩られ、グリによって膝裏を抱えひらかされていた。

密着したグリの身体から逃れる力が、桜庭にはなかった。

「君を俺たちが浄めてやる。あの男に穢されたまま儀式を行ったのでは、マリアも嫌がるだろうからな」

嫌だ——と桜庭が頭を振ると、白須が首筋から顎を掴んで押さえ、狂気に濁った眼を向けた。

俺たちと言われて、桜庭は途方に暮れた。

狂った白須だけでなく、邪悪な、——かつてルキヤをレイプしたツインズにも犯されるのだと、覚悟しなければならなかった。

——鷹司を、裏切らされるのだ。

「そんな貌をすることはないぞ、たっぷりと感じさせてやる」

床に膝を付き、白須が桜庭の足の間に入ってくる。グリが、腕の力で桜庭を持ちあげ、主人が挿入しやすい高さまで、腰を掲げた。

漆黒の腕が伸びて、ノアの指が、桜庭の胸の突起を摘み出し、ひねった。

桜庭の全身に、びりっと電気が走ったようになる。

するとノアの片方の手が、まだ怯えている桜庭の前方へ下がってゆき、からみ取り、付け根から先端へ、ゆっくりと扱いた。

扱(しご)きながら、双果を揉みしだく。

いまのような状況にありながら、桜庭の裡(なか)に、痺れるような官能が、熾(おこ)ってきた。

ノアは白い歯を覗かせて嗤うと、掴んだ桜庭の前へと顔を埋め、長い舌を巻きつけるようにして、舐めた。

「いやだっ！」

桜庭が叫んだ。

「いやっ、犯すなら、はや…く、犯すだけにしてッ！」

感じさせられたくないと、桜庭が悲鳴をあげる。ノアは顔をあげて、口をひらき、自分の舌がどのように蠢くのかを桜庭に見せつけた。

淫らな動きに、桜庭は眩暈を感じてしまう。その様子を見ながら、白須が迫った。

「…アアッ！　いやです…やめて…やめ…てお願い……」

桜庭の哀願は、白須の耳に心地よく響いている。彼は、探りだした男をあてがうと、一気に、挿し、貫いた。

「あうぅ…くっ…う…」

背後をグリに封じられた身体を、桜庭はねじるように反り返らせ、口唇から呻きをあげた。

「肉体は素直だな、鷹司に仕込まれたか？」

双眸に鷹司への憎しみ輝かせながら、白須は桜庭を犯しはじめた。

「声を怺える必要はないぞ、あの男に聞かせる声を、俺たちにも聞かせてもらおうか」

「い…いやです。いやっ……」

桜庭の拒絶は虚しいまでに響きわたったが、輪姦がやむことはなかった。

二月六日（金曜日）午後六時

龍星が連絡をとった時に、都内にいなかった鷹司貴誉彦は、桜庭が誰かに連れ去られたと聴くや、すぐさま、ヘリコプターで戻ってきた。

そのヘリは現在、マンションの屋上に設置されていた緊急用のヘリポートに着陸させたままだ。

「一時から三時三〇分の間に、誰かに連れ去られたということか」

事情を聞いた鷹司が、桜庭の寝室へ入ってゆくうしろを、龍星とルキヤも追い、ドールだけが、痕跡を探すため、リビングに残った。

桜庭の寝室は整頓されていて、荒らされた痕跡はない。それでも鷹司はいくつかの抽斗（ひきだし）を開けたり、書棚の本をずらしてみたりしたが、なにも異常は感じられなかった。

ただ、桜庭らしくないものとしては、本棚の端に置かれたベルモットの瓶とグラス。そして、三週間前に自分が置いていった携帯電話機を見つけただけだった。

勝手の判っている鷹司は、次にウォークインクローゼットを開けて、なかにある秘密の部屋へ通じる扉の鍵を壊した。

「こんなところに、部屋があったんだ…」

ルキヤの呟きが聞こえた鷹司が、釘を差した。

「桜庭くんには、ここへ入ったことは黙ってるんだな。なにがあっても…」

その部屋は、リビングの一角を仕切ってつくった書斎にはおけない情報や、機密を隠している場所なのだ。

「ええ、黙ってます。絶対に」

答えたルキヤは、壁に掛けられたミツルのデスマスクを横目に見てから、コンピュータを起動させた鷹司の方に、注意を向けた。

「桜庭くんの耳には、ＩＤチップが埋めこまれている。誘拐されたのならば、それを追えばいいんだ」

「耳？」

引っかかるものを感じて、龍星が訊き返す。耳に埋めこむというのは、あまり聞かないからだ。

「普通は、肩か手の甲に埋めこむが、彼の場合は耳の裏側だ」

「なぜ耳なんです？」

「身体に傷を付けたくないとかで、総帥が指示されたのだ」

鷹司の声が面白くなさそうに聞こえるのは、あながち錯覚ではなさそうだった。

そして、桜庭のコンピュータを操作して、鷹司は恋人を追おうとする。だがそこへ、ドールがやってきた。

「マスター、桜庭サンのＩＤチップがありました」

ドールの指に、桜庭から抉り取られた米粒大のチップが乗っていた。

「だったら、どうすれば桜庭さんを見つけられるんです？」

焦りを感じた龍星が詰め寄るのを、鷹司が制し、指示した。

「君たちは外に出ていてくれるか」

「なんで？」

ルキヤの声が尖る。

「これから極秘の操作を行う」

鷹司の言葉を、ドールが補った。

「『タリオ』の幹部として」

ドールが二人を促し、自分もまた、クローゼットの隠し部屋から外へ出た。

三人が出ていった後で、鷹司はコンピュータから、四ノ宮邸の土師昴青を呼びだした。

ディスプレイに土師が映しだされると、間髪を入れず、鷹司が要求した。

「桜庭くんが誘拐された。そちらでは、この家のリビングを撮影しているのだろう？」

土師の表情は変わらなかったが、彼の困惑を感じとりながら、鷹司は先を急いだ。

「総帥が、離れて暮らす養子（むすこ）が心配のあまり、日常生活を盗撮しているのは前から知っていたのだ。その映像が必要だ。誰が侵入したのかすぐに調べてくれ」

四ノ宮は、壁に仕込んだカメラで、桜庭家のリビングとダイニングを二十四時間撮影しているのだ。

だが、その映像をリアルタイムでチェックしている者はいない。時おり四ノ宮老人が、桜庭の様子を知るためにビデオを再生してみることがあるといった程度だった。ゆえに、白須の侵入は鷹司が連絡するまで気づかれずにいた――。

五分と待たずに、リビングとダイニングで起こった映像が、送られてきた。

白須洋一が桜庭に襲いかかり、殴っている。

「すぐに白須の情報を送ってくれ。奴の車が現在どこを走っているのか位置情報システムから調べ、彼の所有する土地や別荘の場所も一緒に教えてくれ」

『わかりました』

「土師、この盗撮については、桜庭くんに黙っててやる。貸しだからな」

鷹司はディスプレイの土師を睨みながら言った。

『いつからご存じでいらしたのかは判りませんが、那臣さまのプライバシーを覗こうなどという下劣な気持ちで行っているのではございません。監視体制を敷いているわけでもございません。時おり総帥が、お寂しさを紛らわせるためにご覧になる程度でございます』

手許で操作をしながら、土師が自信たっぷりに言いつくろうのを、鷹司は睨んだ。

「もういい、桜庭くんには黙っているが、クローゼットの鍵を修理しておいてくれないか、完璧な修理を頼む」

『感謝申しあげます、貴誉彦さま。鍵の修理はお任せ下さい。それではデータをお送りいたします』

土師の顔が、ディスプレイから消えた。

桜庭家のダイニングとリビングが盗撮されているのに、鷹司は気づいていた。

だから、桜庭に愛を告白した一月六日は、リビングを避けたかったというのに、なにも知らない桜庭は、カメラの前で鷹司を跪かせた。

それくらいならば我慢できたが、それを知った四ノ宮が、即座に翌日の七日、朝も早くから電話を架けてきて、屋久島の別荘へ桜庭を誘う挙に出るなど、腹立たしい結果となった。

龍星とルキヤを連れてこい、孫に会いたいなどと言われれば、桜庭は断れるはずもない。

苛立たしかった。

だが、それはまた別の問題で、いまは、白須から桜庭を取り戻さねばならなかった。

そして、桜庭の誤解を解かねばならなかった。

「犯人が判った。白須洋一だ。やつとその『使徒』、双子のノアとグリだ」

クローゼットから声を掛けると、三人が入ってきた。

コンピュータ画面は、すでに土師の姿はなく、白須洋一と、ノアとグリの顔が映っている。

「こいつら、僕に殺させて」

久しぶりにツインズを見て、ルキヤが反応する。

「それで、どこにいるの？」

「すぐにデータが来る。その前に……」

鷹司はコンピュータで天文台のホームページにはいり、月齢を調べた。

今宵は満月。

月の出は十六時五十九分、月の入りは七日の六時四十六分だった。

「桜庭くんを拉致した理由は、今夜が満月だからだ」

関係が判らずに、龍星が訊いた。

「どういう意味があるんですか？」

「先月、ファイル№１７９６の『処理』を、ドールは終えた。だが、彼らに生け贄を供給していたもう一人の人物がいたことが判った。それが白須洋一だ」

№１７９６は、悪魔崇拝として生きたまま心臓を抉りだしていた三人の『物件』のことで、鷹司が詳しい説明を省いても、二人には判っていた。

「桜庭さんは、そのことは知ってるんですか？」

「彼は知らない。わたしだけが、あの『物件』には『タリオ』の幹部が関わっている気がして、ずっと内偵をつづけてきたのだからな」

「でも、なんで『タリオ』の幹部なのに、そんな自分も『処理』されてしまうかもしれないことをしたんだろう…」

ファイルに載っていなかった真実が、鷹司から告げられた。

「新渡戸麻理亜は、白須と、奴の姉との間に産まれた娘だからだ」

龍星とルキヤの頭には、№１７９６の資料が入っている。マリアは三十歳だったはずだ。すると、白須が十五歳の時の娘ということになる。

「若いパパだね、僕より年下だったんだ…」

「だからマリアは、産まれてすぐに養女に出され、奴は娘の居場所を知っていたが、名乗りもせず、会うこともなかったようだ。だが白須は、娘が狂気に駆られ、人を殺しはじめたと知ると、彼女のために、欲しがるがままに生け贄を与えて、儀式を創ってやったのだ。いままでの埋めあわせをするように――」

プリンターが動きはじめ、鷹司は吐きだされた紙を素早く読んだ。

「居場所が特定できた。白須の車は二時四〇分に関越自動車道の花園インターチェンジに入っている。秩父に、やつは広大な私有地を持っているな」

龍星が苦いものを噛んだように、呻いた。

「秩父…、車だと三時間以上はかかる」

「屋上にマスターのヘリがあります」

ドールが答えると、ルキヤが愁眉を開き、明るい声をたてた。

「鷹司さんなら、飛行許可も要らなさそうだね」

「いえ…、そんなこともありませんが、いつもなんとかなります。よくスクランブルをかけられるけど、撃墜させられたコトはマダありませんね」

ふざけているのか、まじめに言っているのか判らなかったが、ドールはそう答えると、つづいてルキヤに問いかけてきた。

「ツインズに、恨みがありますか？　ルキヤ」

先ほどのルキヤの様子から、ドールは感じるところがあり、訊かずにはいられなかったのだ。

二人を横目に見た龍星は、鷹司の後についてクローゼットの部屋を出た。

鷹司は寝室についたドレッシングルームへ行くと、上着を脱ぎ、ワイシャツをまくりあげ、自分の肩にナイフを突き立てて、ＩＤチップを剥いだ。

血とともに、化粧洗面台に落ちたチップへ、鷹司はコックを捻って水をかけた。

瞬く間に、鷹司の存在は水に流されてゆき、数分後には、彼は下水道を移動していることになるだろう。

なんらかの方法で、白須にＩＤを知られていないとも限らない。それを逆手にとって、探知されないための処置だった。

「ドールッ、行くぞ」

鷹司が呼ぶ以前に、すでにドールはドレッシングルームのドアの前で待っていた。

ルキヤもまた、羽織った上着の下を、お気に入りの武器で膨らませている。鷹司に見とれていた龍星だけが、出遅れた。

「一刻もはやく、桜庭くんを見つけだし、救いたいのならば、わたしに従え」

龍星は鷹司を睨んで、答えた。

「リーダーは、あんただ、鷹司さん」

二月六日（金曜日）午後九時三〇分

桜庭は、祭壇の中心に彫られた大の字型の浅溝（みぞ）に横たえられ、首と、両手両足首を、鉄の留め具で固定されていた。

身体は動かすことができず、桜庭に見えるのは、天窓の特殊ガラスに映る自分の姿だけだった。

白須にはじまり、桜庭はいままで、絶倫を思わせる双子の欲望を受けとめさせられ、犯されつづけていたのだ。

三人がかりで、二交、三交と挑まれて、痺れきったように肛環（アヌス）は感覚を失っていたが、それでも触れられれば、情けないほどに甘美な反応を返してしまい、また男たちにあらたな劣情を灯（とも）させた。

特に白須は、桜庭の反応のすべてが、鷹司の手による愛の行為がつくりあげたと思うためか、怒りと、憎しみを感じ、それが欲望となった。

それでも、永遠につづくかと思われた輪姦は、儀式の時間が近づいたことで、ようやく止まり、眸を虚ろにさせ、喪心した状態で、桜庭は石の祭壇へと繋がれたのだ。

白須は、親指ほどの大きさと長さのある金属の筒を、拘束した桜庭の足の間に差し込み、肛襞へと挿入させた。

そうすることで、桜庭の肛環の襞が窄まらなくなり、大量に注ぎこまれた白須たちの体液が、たらたらと滴り出るようになった。

祭壇には、ちょうど腰下に穴が穿たれていて、滴り落ちる体液――白須に言わせれば『聖液』が集められ、ゆっくりと下方へ流れてゆく仕組みになっている。

流れは別の溝から流れてくる血と混じりあい、さらに下方の穴で合流する。

正気に戻った時、桜庭は自分の絶体絶命の状態と、肉奥のおぞましさに、打ちのめされた。

残酷に殺されるのだと思うと、叫びだし、泣き喚きたいほど恐ろしかった。

龍星やルキヤ、養父にもう一度逢いたかった。

なによりも、鷹司と争ったまま殺されて、二度と逢えないのだという哀しみに、桜庭から涙があふれた。

「恐怖で喚き散らさんとは感心だな」

白須の声が近づいてきた。

「それとも、声も枯れたか？」

やがて天窓に、悪魔崇拝者の儀式といえば、誰もが連想しそうな黒いローブを纏った白須の姿が映った。

後ろに従えた『使徒』のツインズは、相変わらずラテックスの黒いボディスーツ姿だった。

「儀式の前に、性交したのは、君を浄めただけじゃない。血の巡りをよくするためだ」

白須は黒いローブの下から儀式用の短剣を取りだすと、桜庭の眸によく見えるようにした。

彼の黒い指輪が、いまは、短剣の柄(つか)に嵌めこまれていて、そこに特別の意味があるのを桜庭は見た。

「少しずつ、君を切り刻んでやる」

桜庭はファイルの内容を思いだした。

まずは両耳を削ぐのだ。

それから、顔の輪郭にそって切れ込みを入れる。

「美しい人間を破壊していくのは愉しいぞ。なかでも、君みたいな男は、理想的な生け贄だ」

白須は切り裂く場所を選ぶように、桜庭の貌をなぞり、剣先から伝わってくる怯えを愉しんでいる。ツインズも覗きこんで、白須と同様に桜庭の発する恐怖と絶望を味わおうとしている。

顔から剣先を下げると、今度は乳嘴(ちくび)を削ぐ素振りで、あてがった。

吸われ、噛まれ、ひりついている桜庭の乳嘴(ちくび)を、薄くスライスするように、白須は剣先を当てた。

冷たさと、痛みを感じ、桜庭が眸を閉じるのを見て、男たちは笑い声をあげた。

乳嘴（ちくび）のつぎは、手首と腿の内側を、十字に切る。

短剣で、刺し貫く場合もある。いずれにしろ、生け贄が大量に出血したり、痛みを感じなくなったり、気絶させるほどの深手は負わせない。目的は緩慢な死。生け贄がどれほど苦しみ、恐怖するかを見たいのだ。

他人を殺してゆきながら、自分が生きている実感を味わいたいのだ。

窪みに血が滴り、溝の高さまで溜まると、かすかな傾斜にそって流れはじめるようになっている。途中で、別の、今度は少し深い穴に集まり、溜まると、またあふれて、溝を流れだしてゆくようになる――。

彼らは、適度に手当てしながら、生け贄の身体を削ぎ、切り、刺すのだ。

どれほどの痛みと恐怖が襲ってくるか、想像するだけでも怺えがたいが、桜庭は、自分はそれほど長くはもたないだろうと思っていた。

白須がじっくりと時間を掛けたいと考えていても、血の臭い、血の色、すべてが、桜庭を心から先に殺してしまうだろうからだ。

それだけが、救いのような気がした。

天窓の端に満月が近づいているのが感じられる。間もなく儀式は始まるだろうが、桜庭は、このまま怯えて、もたらされる死の瞬間を待つつもりはなかった。

白須が剣先を身体のうえにすべらせ、愉しんでいるのを利用して、上半身はまったく動かせなかったが、わずかにでも余裕のある下半身に、剣先が降りてきた時を利用した。

腿の内側を十字に切り裂くのだとばかりに、白須が桜庭を怯えさせるためになぞった時だった。

桜庭は自分から動けるだけ動いて、触れた剣先を身に受けたのだ。

「あぅっ！」

柔らかい腿の内側を傷つけられる痛みは、想像以上のものであり、桜庭は喚きながらも、逃げなかった。

ギョッとして白須が剣先を引いた時には、もはや深手を負って、血が溢れでていた。

だが、桜庭は絶望した。

天窓に映る血は、本物の鏡で映し見るように、赤く見えなかったのだ。

「このッ、愚か者め！」

白須の平手打ちが、桜庭の頬を襲い、目の前に火花が飛び散ったようになる。

「儀式の前に、勝手なことをしてもらっては困る！」

自分の予定が狂わされたのを、白須は歯を剥き出して怒り狂い、桜庭に平手打ちを浴びせたが、ノアの耳打ちで、ようやく、我に返った。

グリが皮膚縫合器(スキンステープラー)を白須に差しだす。

儀式を完璧に行わなければならない白須は、予定外の傷を赦しておけないのだ。

血をあふれさせる腿の傷口を指で摘みあわせた白須は、スキンステープラーをあてがうと、ステープルを打ち込んだ。

「ヒッ！」

桜庭があげた悲鳴に、白須の残忍性が刺激される。彼は、さらに二針、ステープルで柔らかい腿を貫いた。

「ウァアアッ！」

激痛にたまりかね、桜庭が喚くのを、白須の平手打ちが、止めた。

「黙れッ！　まだ叫ぶ時間じゃないんだ」

嗚咽を啜りあげるように、桜庭は黙ったが、すでに、ショック症状がはじまっていた。

桜庭の頬を撲つために振りあげた白須の手には、べったりと血が着いており、それを見てしまったのだ。

悪寒が走り、冷たい汗が、浮かんだ。

目の前に黄色い膜が降りてくる。

発作めいた喘鳴（ぜんめい）が喉からながれ、桜庭の身体が、ひくっ、ひくっ…と、痙攣を起こした。

「いかん、儀式を早めるぞ」

異常に気づいた白須がそうツインズに伝えるのを、天窓に忍び寄った者が聞いた。

この時に、突然、屋敷の外で爆音が響き渡った。

「見てこいッ！」

弾かれたように、ツインズがモザイクタイルで閉された扉をあける。それを外側から待っていた二つの黒い塊が、逆にアトリウムへと突入してきた。

いまの爆発音は、隠し扉を開けさせるものだったのだ。

「貴様らは、桜庭の使徒」

油断があったツインズを燃えるような眼で睨みながら、白須は侵入してきた龍星とルキヤに問いかけていた。

「なんでだッ、なぜここが判ったんだ？」

黒いローブの下は裸で、白須の武器は儀式用の短剣だけだが、祭壇に繋いだ桜庭を人質にする方法があった。

「近づくな、こいつがどうなってもいいのか？」

だが、呼吸困難に陥り、全身で喘ぐ桜庭の姿を見て、人質としての価値が間もなく尽きるだろうと判断した白須は、ツインズを呼んだ。

「なにをしてる！　はやく小僧どもを始末しろッ」

命じた白須の方は、急いで祭壇から離れ、服と拳銃を取りに走った。

ツインズが、踊るように跳んで、祭壇に向かった龍星とルキヤの前を塞ぐ。

「久しぶりだな、ルキヤ。相変わらず可愛いじゃないか、また遊ぼうぜ」

ノアが、身構えたルキヤをなぶるように言うと、グリもまた、挑発した。

「お前たちのファーザーとは、遊んでやったがな」

「クソッ！」

龍星がグリへ突っかかってゆく。反対に、ノアはルキヤを襲って、最初の一撃は躱されたが、二発目で、少年を殴り倒していた。

「ルキヤッ」

転がったルキヤに注意が逸れた龍星へ、グリの足蹴りが入る。よけ損なった龍星の左腕が、鈍い音を立てた。

「この程度か？」

嘲ったグリを、龍星が嗤った。

「そ…んなわけないだろうッ」

左腕を振って異常がないのを確かめて、龍星が、反撃にでた。

床を転がったルキヤの方は、壁に凭れて身体を立ちあがらせ、ノアと向かいあった。

ノアとは、歴然とした体格の差があり、いかにも不利だったが、袖に仕込んでおいたナイフを滑り出させて握りしめ、ルキヤは間合いを計った。

体術では敵わなくとも、ルキヤはナイフを扱う術にかけては、兇悪なまでに才能を発揮する。

刃向かうルキヤを、ノアが眼を細めてみた。

「子猫ちゃんが、爪をだしたか？　どうだい、あん時のこと、また思い出させてやろうか？　眼がとけそうなほど泣いたよな」

「うるさいな、あんたが下手だったからだよ」

言い返したルキヤは、まだ間合いを計りかねている。

ノアには隙がなかったのだ。

だが、そのノアの背後に、天窓から投げられたナイフのように、すらっと、ドールが降り立った。

「誰だッ！」

突如として現れたドールに対して、ノアも反応は素早かった。彼は身を翻し、殴りかかっていたのだ。

破壊力のある黒い拳を突き込んだつもりが、ヒットしなかった。そればかりか、相手は、身を引きもせず、まばたきもしないのを見て、ノアはゾクッとなった。

本能的なひらめきが、ノアを襲った。

ブロンズ色の肌をしたこの男に、自分が殺される運命にあると――。

ノアをドールに任せたルキヤが次に向かったのは、祭壇の桜庭の許だった。

桜庭が全身で痙攣を起こすために、枷に擦れる手首や足首から出血が起こり、首も血だらけになっている。ルキヤは、ナイフで、桜庭を拘束する金具を壊しにかかった。

同じ時、武器を取りに隣室へ駆け込んだ白須洋一は、自分を待っていたと思われる鷹司貴誉彦に銃口を向けられ、怒りに声を震わせていた。

「貴様だったのか！　よくも、よくも邪魔してくれたなッ」

「祭壇のところに戻ってもらおうか、白須さん。ファイル№１７９６の『処理』は完了したが、黒幕がいるのが判ったのでね、いわば補完作業だ」

鷹司は、極秘に幹部のアクセスを監視していて、白須が時おり、№１７９６の『物件』へのエントリーがないかをチェックしているのに気づいた。それで、白須と、三人の関係を調べはじめ、真相に辿り着いたのだ。

「これより白須洋一に、『タリオ』の法を施行する」

「なにを言うか、若造めッ」

白須が憎しみを込めて言った。

だが、鷹司には拳銃があり、白須は儀式用の短剣を手放してしまって、丸腰の状態だ。

アトリウムで、彼のツインズが、すでに魂切(こと)れているとは思ってもおらず、とりあえずは、従う素振りを選んだ。

後頭部に鷹司から銃口を突きつけられながらも、アトリウムへ通じる扉を開くなり、白須は叫んだのだ。

「ノア、グリ、こいつを殺せッ！」

ところが白須が見たのは、壁に凭れたツインズの、無惨な屍だった。

龍星とドールとは、ツインズの二人を動けなくさせると、最後には、肛門から直腸へフィストを捩り込んで、殺したのだ。

グロテスクに咲いた南国の赤い花のように、双子は引き裂かれて、悶死した。

「ま——まさか」

口角から泡を飛ばし、白須が叫んだ。

「俺のツインズが殺(や)られた？　いったい、いったい誰が殺ったんだッ」

眼(まなこ)を瞠き、譫言のように口走る白須洋一に向かって、ドールと龍星が、血だらけの右手を「ハイ」と挙げた。

二月二十一日（土曜日）午後四時三十分

白須の事件は、外部には漏れずに『処理』され、『タリオ』の死体処理班がすべてを片づけた。

桜庭もまた、『タリオ』に関連のある病院に入院した。

彼は、身体的な治療の他に、精神的なダメージを軽減させるための、『タリオ』独自の催眠治療を受けて、ほぼ二週間の入院生活を送った。

退院の日の午後、迎えに来てくれたのは、土師昴青だった。

土師は、今回の事件を知り、旅行を切りあげて帰国した四ノ宮から、桜庭を自分の許へ連れて帰るように命じられていた。

だが桜庭は、龍星とルキヤが退院祝いを用意して待っていることなどを口実に、明日にでも四ノ宮へ行くことを約束して、自宅マンションへ送ってもらった。

マンションのリビングは、あの日、桜庭が割った皿やコンポートの破片はすべて片づけられていて、龍星とルキヤが夕食を作って待っていた。

そこで、桜庭ははじめて、鷹司が自分を助けに来てくれたことを知った。

祭壇で発作を起こしたようになってから以降、病院で目覚めるまで、桜庭には記憶がないのだ。

心身喪失状態だったのが、逆に桜庭の精神（こころ）を守ったようだった。彼は、順調に快復し、現在のところ、恐怖が蘇ることはなかった。

入院中に、日本にいるはずのない養父の姿を枕元に見つけて、彼と——あるいは土師と、龍星、ルキヤたちが助けに来てくれたと思いこんでいた。

「僕たちの誤解だったんだよ。鷹司さんは、以前から№１７９６と白須になにか関係があるのに気づいて、内偵していたんだって。けど親子だってのは判ったけど、なかなか証拠が掴めなくて、それでマリアたちを『処理』すれば動き出すかもしれないと思って実行したら、たまたまその時期が、本当に偶然、僕たちのと重なっただけなんだって……」

ルキヤと龍星が鷹司の代弁者となって、桜庭に納得させた。

「白須と直接に顔をつきあわせる総会の日に、『処理』を完了させて、奴の様子を見るつもりだったそうです。奴を№１７９６の補完として『処理』するにしても、親子だったくらいでは幹部会を通らないから、関わっていた証拠を見つける必要があったとか、言ってました」

白須が桜庭を拉致し、あの石の祭壇で儀式にかけようとした事実が、なによりの証明となり、鷹司は、幹部会の採決を仰ぐ必要はなくなった。

「鷹司さんは、——白須が、まさか桜庭さんを狙うとは考えが及ばなかった。すまなかったって言ってました」

最後に龍星は、鷹司が謝っていたと伝えてくれた。だが、桜庭の方が、彼には謝らなければならなかった。

　すべてを知らされた桜庭は、できることならば、「誤解」した挙げ句に「別れ」を告げたことを、鷹司に謝って赦してもらいたかった。

　だが鷹司だけでなく、ドールですら、一度も病院に見舞いには来なかった。

　彼に助けられたと知るまでは、気にもならなかったのに、現在（いま）は、鷹司を失ったことを思いしらされた気がして、哀しかった。

二月二十一日（土曜日）午後六時

　退院祝いの夕食後、自分の部屋に戻った桜庭は、裸になり、バスルームにつづく脱衣室（ドレッシングルーム）の鏡に全身を映してみた。

　打たれた貌は、一番治りがはやかったが、身体の撲たれた部分は、沈んだような哀しい色に変わっていた。

　頸筋（くびすじ）と、手首足首の擦過傷は黒ずみ、腿の内側には、赤みを帯びた三センチほどの疵（きず）があった。

　皮肉なことに、白須がスキンステープラーで応急処置を施したお陰で、治りははやかったが、疵痕は残った。

身体に疵が残ったのは、むしろよかったかも知れないと、桜庭は思った。

鷹司は、疵ひとつない、なめらかな肌の桜庭を愛していたのだ。どちらにしろ、こんな大きな疵が残っては、彼の心を繋ぎとめてはおけないだろう。

そう考えれば、桜庭自身も彼を諦め、いつものように前向きになれる気がした。

あれだけの目に遭わされていながら、立ち直りが早いのは、催眠療法を受けた効果が大きいのだろう。ついでに鷹司のことも忘れさせて欲しかったと思う。

入浴はもう差し支えなかったので、桜庭はバスルームへゆき、シャワーを浴びてから、湯を張ったバスタブに身を沈めた。

久しぶりに、自分のバスルームでゆったりと入浴するつもりだったが、温められた傷口が疼きだし、湯からあがった。

見てみると、赤みが増して、膨らんだように見える。

手当ての必要があるのか不安になり、桜庭はバスローブを羽織ると、ドレッシングルームのチェストから、緑色の箱(ボックス)を取りだした。

緑の箱は、桜庭個人の簡易救急箱であり、伸縮包帯やガーゼ、消毒用のアルコール、二種類の体温計、解熱鎮痛薬、綿棒やピンセットなどが入っている程度だ。

疵痕を消毒してみたが、しみることもなく、疼いたのは温めたのが原因だと思われた。

まだしばらくは、あの恐ろしい経験を、身体が忘れさせてくれないのだ。

桜庭は、濡れた髪を乾かす気力もなくなり、一刻も早くベッドに潜り込みたい衝動に駆られて、ドレッシングルームを出た。

それでもタオルで髪を押さえ、水滴が寝室の絨毯を濡らさないようにする。

だが、部屋のなかに、彼がいるのを見た瞬間、桜庭の手からタオルが落ちた。

桜庭の心と身体は、同時に反応した。

下腹部がきゅっと締めつけられたようになり、心がざわざわとした。

そして、この状況はひと月前と同じであるのに気がついた。

なんという偶然、――ばつが悪すぎた。

「久しぶりだな」

鷹司貴誉彦が、立ったままで言った。

以前の彼ならば、皮肉を言う時でも、桜庭に向かって歩み寄ってきたものだ。それが現在は、立った位置から、動かない。

「ええ…、ドールは？」

桜庭も彼に近づけずに、立ち竦んだままでいる。そのうえ、なぜかドールの所在などを訊いている自分が、理解しがたかった。

「リビングで、君の坊やたちと一緒だ」

鷹司の答えを聞いてから、ようやく桜庭は、自分のやらなければならない最初の事柄を思いだし、彼へと近づいた。

「助けてくださったお礼の前に、あなたに謝ります。No.1796の『物件』について、疑ってすみませんでした。てっきり、あなたが、わたしにはできないと馬鹿にして、『処理』してしまったのだと思ったのです」

「そうらしいな」

鷹司の声は怒りを含んでいて、冷たく、鋭かった。

「だが、君だけの思いつきではないだろう? 誰か、わたしを陥れる目的で君に入れ知恵した者がいるのではないのか?」

その鷹司の言葉に、桜庭は胸を衝かれた。

土師昴青が、暗に鷹司貴誉彦を示唆したということが、自分の裡で大きく作用したのも間違いないからだ。

だが――土師に、「鷹司が自分のために手出ししたと思うかどうか」と尋ねて、彼から無理やり答えを引きだしたのは桜庭自身だった。訊かれなければ土師は言わなかっただろう。

「あの人は…、あなたを陥れようとは思っていません。そんな人ではありません。わたしが無理やりに、彼にそう言わせたようなものなのです…」

疑わしげな眼眸で、鷹司は桜庭を見下ろしていたが、よそよそしげな声で吐き捨てるように言った。

「父を、庇う必要はないさ」

「ち、違います。お養父さまは関係ありません」

「ではお養父さま以外にも、君にはいろいろと助言してくれる『あの人』がいるわけだな？」

あえて土師の名前を出さずにいたことで、鷹司が誤解したと思うと、桜庭は狼狽する。けれども、土師の名を出してしまい、自分のせいで、彼を悪者にはできないのだ。

「土師を庇っても無駄だぞ、桜庭くん。あいつの考えは、四ノ宮康熙と同じだ」

隠しても、土師の名前を鷹司は易々と口にする。

桜庭は口唇を噛んだ。

「君は、あの男が好きなのか？」

さらには声音に険悪なものが混じっている。その鷹司を、桜庭は見あげた。

「わたしは、お養父さまと土師さんに育てられたのです。二人がいなければ、現在のわたしはいません」

「だから、君のプライバシーはあいつらにとってはないにも等しいのか？」

突然に「プライバシー」という言葉が出てきたのに、桜庭は戸惑った。

けれども、四ノ宮が桜庭の身辺に絶えず気を配ってくれていて、事故を起こしたことも、鷹司との関係ができる切っ掛けとなったファイル№２０１８の件も、その後のなにもかも知っていたのを思えば、不思議ではなかった。

血液恐怖症が復活してしまったことも、――どこから知ったのか…を、改めて考えたりはしてこなかったが、土師は知っていたのだ。

プライバシーがないといえば、その通りかもしれないと、桜庭も思う。

鷹司の方は、意地の悪い気持ちになっていた。

過剰な愛情を桜庭にそそぐ四ノ宮と土師が、桜庭(この)家のリビングを盗撮している事実を教えてやりたいくらいだった。

そして、鷹司にとっては実父にあたる四ノ宮康煕は、養子の桜庭那臣の恋人に、自分を相応しくないと思っていること。それゆえの妨害があることも話して聴かせたかった――が、思いとどまった。

土師に、クローゼットに隠された部屋の鍵を直させた時、この桜庭の寝室にも盗撮用の機器を仕掛けられていないとも限らないからだ。

プライバシーなど、彼らの溺愛と、心配でたまらない気持ちの前では、遵守されなければならない項目ではないのだ。

鷹司の沈黙を、桜庭は身が凍えるように感じながら、言わなければならない言葉を口にした。

「それなのに、そんなわたしを助けに来てくださり、ありがとうございました。あなたは、命の恩人です」

「本当にそう思っているならば、恩人には、相応の感謝を示してもらいたいものだな」

決心をつけて、桜庭が言った。

「わたしが、あなたに感謝している気持ちをお見せするのは難しいと思います。ですから、ご希望をおっしゃってください。幹部からの降格でも……」

桜庭を、鷹司が遮った。

「残念ながら、その権限は、まだわたしにはない」

「では、どうすれば赦していただけますか？　そして、あなたへの感謝を表せるでしょうか？」

怒った眼で桜庭を見ていた鷹司が、提案した。

「君が持っていて、価値のあるものといえば、その美しい貌、声、肉体、セックス――」

いつになく殊勝に、桜庭は頭を垂れた。

「わたしには疵が残りましたし、白須だけでなくツインズにも穢されました。この肉体を捧げても、価値はないと思います。恥知らずで、情けない肉体ですから……」

殺されると判っていながら、白須たちに犯されているうちに肉悦を極めてしまったことを、桜庭は恥じて、言った。

桜庭には、散々に肉体を弄ばれ、男たちからの凌辱を快楽へ変えてしまえなければ解放されなかった過去があり、現在も彼の肉体を蝕んでいるのだ。

「ではこうしよう。あの男たちでも感じてしまえる君だから、君の肉体は信用がならない。だから、わたしには誠意(こころ)を見せてもらおうか」

鷹司は、穏やかな声だったが、威すように言った。

「君にとって、わたしがあの男たちとは違うという証に、——君は、わたしを先に達(い)かせるまで、決して感じてはならない。怺えてみせるのだ」

真顔で言う鷹司から、彼の要求は本気であるのを察して、桜庭の方が狼狽(うろた)えた。

自分は淫乱なのだと告白したばかりのところへ、彼の要求は、虹の根元に立てと言っているようなものだった。できそうに思われても、たぶん不可能だ。

「どうなんだ？　わたしの申し出を受けるのか？」

「それができれば、あなたは赦してくださるのですか？」

「喜んで赦すだろうな。それに、わたしのために、感じやすい君が必死に怺える姿を見せてもらえれば、充分な感謝をもらった気になるだろうな」

性急に答えを迫られて、桜庭は祈るように両手の指をからめ、双眸を閉じた。

「お受けします」

思い詰めた声で、答えた。

「ではバスローブを脱いで、ベッドにあがるんだ。いや、その前に、邪魔が入らないようにドアの鍵をかけてきたまえ」

「ええ……、そうします」

言われるがままに、桜庭は鍵をかけて、それから裸になり、ベッドへあがった。

部屋の灯りを消したり、照度を下げるのは赦されなかった。

煌々とした灯りのしたで、鷹司は自分の手でスーツを脱いでゆく。

彼は、芸術的な肉体美を桜庭の前に示すと、ベッドにあがってきた。

ひと月ぶりに、鷹司の腕に抱かれて、口唇をあわせられた瞬間に、桜庭は自分自身が強張るのを感じた。

最初のキスだけで、信じられないが、果ててしまいそうだった。

それなのに、鷹司は桜庭を抱きすくめて、自分を思い出させるようにキスを深め、執拗な愛撫を加えてくる。

拘束されていた頸や、手首——、打ち身の痕を、鷹司はひとつひとつ、まるで癒そうとするかのように、口づけて、胸の突起へ辿り着いた。

鷹司の口唇が淡色の乳暈を捉え、歯で乳嘴（ちくび）を摘み取られると、桜庭はたまらなくなって、普通に息をつごうとしても、喘ぐことしかできなくなった。

胸から突起を摘み出し、摩擦するように愛撫し、揉み潰すようにするだけで、桜庭をどう変えてしまうのか、鷹司には判っている。

乳嘴（ちくび）の擦淫（いたぶり）だけで悦かせることもできるのだ。

すでに欲情の象（かたち）を整えてしまった桜庭は、叫ばずにいられなかった。

「ま、待ってくださいっ」

あがくように鷹司の腕から離れ、ベッドを降りた桜庭は、よろめきながらドレッシングルームへ向かった。

鷹司が追って、後ろから付いてきた。

「なにをするつもりだ？」

散らかしたままになっているドレッシングルームには、まだ緑色のボックスが出ている。桜庭は蓋を開けて、なかから収縮性のある包帯を取りだした。

「し…縛って……、洩（も）らしてしまいそうです……」

とっさに、紐状のものが思い浮かばなかった桜庭は、先ほど見たばかりの包帯を使うことにしたのだ。

鷹司にすれば、すでに桜庭が限界に近いのは判っていた。自分の見えないところで、独りで処理をすませるつもりではないかと疑い、追いかけてきたのだ。

ところが、桜庭のけなげな決心を知り、鷹司は口許が笑み崩れるのを隠せなかったが、冷たく言った。

「反則一だな」

鏡の前の椅子に腰を下ろしてしまい、桜庭が呻いた。

「ああ、どうか——それくらいのお慈悲をお願いします……」

鷹司はボックスのなかを見ながら、言った。

「だったら、ペナルティつきの慈悲をやる」

ボックスから鷹司が取りだしたのは、棒状の水銀体温計とアルコールだった。

まさか——と、戦いた桜庭を、鷹司は笑った。

「怖がらなくともいい、この体温計は簡単には割れない」

まるで試したことがあるかのような言い方をする鷹司から、桜庭は顔を背けた。

「両脚を、ここに乗せてみろ」

言われるがままに、桜庭は膝を折り曲げ、両足の踵を座席の端に乗せ、椅子の背もたれに凭れかかった。

足の間に入りこんだ鷹司は、もう塞がっているが、痛々しい腿の付け根の疵を見て、眉根を寄せた。

鷹司の視線を感じ、彼が指で触れてこようとするのを察して、桜庭は呻いた。

「さ――触らないでくださいっ」

「痛むのか？」

「いえ、痛みはもう感じませんが、触られたくないのです……」

疵痕は、石榴色(ガーネット)に盛りあがり、まるで、閉じた女性器を思わせる妖しさだ。

ひろげてみたい欲望が、鷹司を突きあげる。

それを彼は諦め、ほとんど、しなやかなナイフのように反ってしまっている桜庭の先端に、指で触れた。

痺れるほどの快感が走ったが、次に行われるだろう仕打ちを思うと、桜庭は別の意味で慄えた。

精路を責められる切なさと快感は、身にしみていた。

以前、鷹司とドールからカテーテルを挿入されて拷問された時の、恐ろしさとおぞましさを、まだ憶えているからだ。

あの時は、気が遠くなるほど責めたてられて、実父たちとのおぞましい関係を、なにもかも喋らされてしまった。

それが今度は、精路口から、アルコールに浸した体温計を押し込まれるのだ。

鷹司の爪が、珊瑚色に濡れた秘裂をひらき、体温計の先端をあてがった。

「——っ…」

桜庭は、座席の両脇を指が白くなるほど握りしめて、足先まで力を入れて、怺えた。

ひと目盛りずつ、入りこんでくるたびに、桜庭は嗚咽を殺した。怺えきれずにぶるぶると慄えても、声は洩らさなかった。

「どんな感じか、訊かせてもらいたいな」

すべては挿入しきらなかったが、惨く拡げきった状態にさせた鷹司は、悪魔のように微笑みながら、訊いた。

目尻を潤ませながらも、桜庭は答えた。

「ああっ、熱い、灼けるようです……、火照って……痛いくらい…」

ずきんずきんと、体温計を挿された精路から灼熱の疼きが起こってくる。

「痛いか？　その方が、感じずにすむだろう？」

「え、ええ……ありがとうございます……」

さらに包帯で付け根を括り、射精を封じてもらうことを桜庭は望んでいたが、鷹司のやり方は、半端ではなかった。

まずは付け根を括り、桜庭の切ない望みを叶えてやったが、その包帯は後方の双果をも縛り、ついで、体温計を咥えさせられた前方を、先端に向けて括ったのだ。

「非道い……」と言う言葉をかろうじて怺えた桜庭は、鷹司に急かされ、椅子から立ちあがらされた。

「取ろうとするな」

「は…はい――」

桜庭は喉を喘がせた。

いっそ、両手も縛って欲しかった。

自由になっている腕が、あまりのことに前方に触れてしまいかねないのが、恐かった。

「ではベッドへ戻って、君のまごころをみせてもらおうか」

足下から掬いあげるように、鷹司は桜庭を抱きあげ、寝室へと連れ戻した。

一刻も早く、鷹司を射精させてしまわなければ自分の方が保たないと判っている桜庭は、ベッドで行動を起こした。

鷹司の愛撫を受けて入れているのでは、快楽に負けてしまう。自分から鷹司を愛撫してゆき、彼を追い詰めるのだ。そう決心すると、積極的になった。

口づけながら覆いかぶさってきた鷹司を、逆に押し倒して、自分の身体で乗りかかる。桜庭は、鷹司の上半身を擽るように愛撫してから、口唇で男を捉え、舌啜愛撫（フェラチオ）で一気に昂らせてしまおうと図ったのだ。

「いいだろう、君が上になりたいのだな?」

だが、ベッドに仰臥した鷹司はそう言うと、桜庭の腰を掴んで巧妙に身体をずらし、計画を最悪なものに変えてしまった。

桜庭は下肢で鷹司の頭を跨がされ、双口淫（シックスナイン）の形にされてしまったのだ。

「ち、違います、そんな――…」

腰を掴んで引き下ろされ、桜庭が慌てる。それを鷹司が平然とあしらった。

「わたしは、勝手にやらせてもらう。君も、わたしを好きにしていいんだぞ」

現在の桜庭は、体温計を挿され、包帯によって先端まで括られている。鷹司が狙ってくるのは、肛環（アヌス）であり、この状態で舐淫（なぶ）られたら、ながく正気を保てるわけがない。

桜庭は意を決し、鷹司の張りつめた前方へ顔を埋め、膝には力を込め、できるかぎり、鷹司を跨いだ下肢を持ちあげた。

彼の舌に触れられるよりも、眼に晒される方を選んだのだ。

鷹司はしばらくの間、熱烈な懸命さで仕える桜庭の口淫を愉しんでいたが、眼の前に突き出された肛襞(にくひだ)の魅力を、いつまでも観賞だけですませておくつもりはなかった。

蓮華色(ロータスピンク)の肛襞(ひだ)に窄められた繊細な環は、その熟れ具合とは裏腹に、可憐な魅力を漂わせている。

腰骨の上を掴んだ鷹司は、桜庭を引きよせながら、伸ばした舌を捩り込んだ。

「ん…くううう」

深々と銜えた鷹司を吐きだせずに、桜庭がくぐもった呻きを洩らす。

淫らな律動を起こす舌先が、桜庭の媚肉をまさぐった。

せりあがってくるどうしようもないほどの快美に、膝が力を失ってしまいそうになったが、腰が落ちて、鷹司から存分に蹂躙されてしまうのを恐れ、逃げた。

けれども桜庭は、掴まれた腰を引くこともできず、鷹司の口唇を離せないと思い知らされただけだ。

どちらが先に、怺えきれなくなるのか——。

自分が銜えた男への攻撃に集中することでしか、桜庭には助かる術はなくなった。

懸命な口淫を受ける鷹司の方は、尖らせた舌先で襞の一枚一枚をやさしく潤してやり、窄まっていた花びらを舐めとろかせ、開花させてゆこうとする。

内側にまで、濡れて暖かい舌先が入りこみ、なぞられて、桜庭が小刻みに顫(ふる)えはじめる。甘い官能の疼きが、大きな快感に変わってしまう前に、鷹司は巧みな舌をひき抜き、指をあてがった。

ハッと桜庭の下肢が緊張する。あてがわれた指の侵入を拒もうと、妖しい収斂(しゅうれん)が起こってきた。

ひと月前、鷹司の親指を挿入されていただけで昂ってしまい、射精させられる寸前だった桜庭は、二の舞を恐れているのだ。

だが、鷹司も容赦はしなかった。

彼は人差し指を桜庭のなかへと挿し入れて、ゆっくりと根元まで埋め込んだのだ。

桜庭の肛襞(にくひだ)がからみつき、鷹司の指を迎え入れ、吸いあげてくる。

自分の反応に、口腔を塞がれたまま息を呑んだ桜庭は、鷹司の指を締めつけながらも、存在を無視しようとしたが、とうていできるものではなかった。

指によって肛筒(なか)をまさぐられると、もう、口唇のなかの鷹司を翻弄することすらできなくなり、舌をからめているだけで精いっぱいだった。

抽送されては、たまらなくなり、掻きむしるようになぶられると、ふっと気が遠のき、身も心も浮遊するようだった。

激しく抉られてしまった時などは、口唇から鷹司を放り出してしまい、声を洩らすまいと歯を食い縛らねばならなかった。

「ああっ、指を抜いてっ」

鷹司から口唇を離して、桜庭は哀願した。

「指を抜いて、あなたの男を入れさせてくださいっ」

一本の指ですら、どうしようもなくさせられていても、桜庭は次の可能性に賭けてみるしかなかった。

肉奥に鷹司を咥え込んで、彼を達かせてしまいたいのだ。

「いいだろう」

隆々とそそり勃つ股間を晒した姿で、ベッドに仰臥する鷹司が、挑戦的に言った。

「好きに、わたしを乗りこなしてみたまえ」

桜庭は口唇を噛みしめたまま、彼の身体の上を移動して、下肢へと辿り着いた。

背を鷹司の方に向けて、自分は彼の足先に捕まり、挿入の体勢にはいる。

この体位だと、肛筒の奥に存在する男の核に、鷹司の頭冠の張りだしが突き当たらず、引っかけられることもない。それでいて鷹司にとっては敏感な筋裏を、桜庭は肉壁で刺激することができるのだ。

それればかりか、包帯で括られた桜庭の前方も、鷹司の腹部に触れずにすみ、擦られるのを避けられる。

前に両手を付けるので、抽き挿しを桜庭が自在にコントロールできて、何よりも、表情を鷹司に見られずにいられる。

　桜庭は、そびえ勃つ鷹司の強ばりを両手で捉え、身体の中心にあてがった。

　舐めとろかされ、指戯を受けた肛襞（にくひだ）は、丸みを帯びた頭冠（トップ）に触れただけで、歓喜の慄えを放った。別の意思がある淫らな生き物となってしまい、疼きながら鷹司の熱と堅さを確かめている。

　ベッドに立てた膝で下肢を支えながら、桜庭はしずしずと腰を落とした。

　花びらがひらくように、環がゆるみ、襞がざわめいて、吸いこみたがるのを制しながら、桜庭はゆるやかな挿入を行おうとする。

　鷹司から、くぐもった呻きとも吐息ともつかない声が洩れたのを聞いて、桜庭は自分が彼を追い詰められるのを感じた。

　桜庭は慎重に、身体を下ろしてゆき、完全に鷹司のすべてを自分の肛筒（なか）に捉えると、ゆるやかに、腰を揺すってみた。

　甘苦しいほどの快美感が、鷹司を咥えた秘所から湧きあがり、桜庭の腰を包むように撫でて、じわじわと身体を這いあがった。

　快美は、腹部の奥をぎゅっと収縮させ、乳嘴（ちくび）を充血で擽るような痛みに慄わせてから、眩むほどの陶酔となって思考を犯す。声を洩らさなかったのが、奇跡のようだった。

　揺すっただけで、いまの様（ざま）は、桜庭を打ちのめした。

そのうえに、身体の内の鷹司は、先ほどよりも膨れあがり、桜庭を押し拡げているのだ。

桜庭も切なかったが、鷹司にも限界が近づいている——。

それが判って、桜庭は身を前屈みに進め、咥えた男を頭冠のすれすれまで抽きだしに掛かった。

鷹司を引きずりだす時に、腰が歓んでしまわないように、桜庭は息をとめる。

頭冠まで抽きかけて、今度は呑みこむ時には、甘い声が洩れてしまわないように、歯を噛み縛った。

環をひらかれる痛みと、隘路を擦られる圧迫感は、熾ってくる官能の強さ、大きさの前では、媚薬のひとつでしかない。

熱く、濡れた肉奥に鷹司を擦りつけるたびに、たまらなくなり、桜庭は甘美な陶酔を怺えかね、全身で逃げを打った。

腰が引けてしまう桜庭を、そうそう鷹司は赦してはおかない。

彼は、緩慢な抽挿で身体の熱を醒まそうとする桜庭に、下方から腰を突きあげた。

「あ、そんな…っ…いけません……」

叫んだ桜庭の腰が引けて、鷹司が抽けおちる。だが男の腕が桜庭の腰骨を掴んで、引き戻した。

「——あ……ああっ！」

ぎしぎしっ…と、繊細な粘膜が音を立てて、鷹司を咥えこまされた。

「…だめ…です…。…あぅうっ…」

頭を振って、桜庭が怺えきった。

背筋の緊張から、桜庭の苦悶を眺めていた鷹司は、彼が怺えきり、ほっと肩の力をぬいた瞬間を逃さない。

荒々しく腰を突きあげ、納めきった最奥でグラインドさせたのだ。

しなやかな背筋が反り返り、身悶えが起こった。

「や…やめて…くださいっ」

攻撃をしかけられた桜庭が、切羽詰まった声を立てた。

肉体は絶頂を求めているのに、鷹司への心が、それを阻もうと、肉体を制御する。

官能を掻きむしられ、錯乱しかかって、桜庭は喘いだ。

「はぁー、はぁーっ」

荒く、熱っぽい息で切なさを訴える。

だが鷹司は、緩急をとりまぜた抽き挿しで、隘路を蹂躙するのを止めない。急速に追い込まれて、桜庭は、腰を掴んでいる鷹司の手に爪を立て、剥ぎ取ろうと懸命になった。

「ああっ！　だっ、だめです、だめっ！」

手の甲を抓ったり、引っ掻いたりの挙げ句に、力がゆるんだ隙に、ついに桜庭は、鷹司を抽きだし、逃げていた。

鷹司を失っても、秘所が熱くなって、芯から疼いてしまっている。

痺れるような快感で全身を顫わせながら、桜庭は鷹司の足下に蹲った。

「これで終わりか？」

冷めた鷹司の声に、ビクッと桜庭が肩を喘がせ、貌をあげた。

「いいえ、まだ、まだです――…」

彼への心を証明しなければならないと、桜庭はふたたび、鷹司の腰を跨いだ。

潤んだ目許から零れた涙が、鷹司の胸元を濡らす。

今度は鷹司と向かいあい、お互いの顔が見える形で、だが桜庭が上であるのは変わりなく、交わりがはじまる。

腹に突きそうなほど昂った鷹司に手を添えて、すべてを咥えきった桜庭は、乳嘴（ちくび）に触れられて、彼の手を引き剥がした。

鷹司が笑う。

「どこにも触らせてもらえないのか？」

答えられず、だが桜庭は、鷹司の手指に自分の指をからめて蝶番（ちょうつがい）のように組みあわせることで、彼に触れられることを封じた。

両手を捕まえ、鷹司を動けなくさせたつもりが、それは桜庭の自由をも同時に封じたことになった。

鷹司は、桜庭の腕を引いてベッドに押しつけると、いっそう深々と番いあうことになった下肢を、存分に動かしはじめたのだ。

「ああっ、だめ、——お慈悲をっ、動かないで……」

もはや鷹司は、桜庭が乗りこなせるものではなくなった。まるで荒馬のように、彼は下方から突き、抉り、グラインドさせたので、桜庭は忽ち、悦楽の炎にくるまれてしまったのだ。

「ああァ…赦して、だめになってしまう……」

涙の雫が、また鷹司の胸にかかる。

「んっ、ん…あっ、ああっ——た、鷹司…さんっ、赦して、悦かせないでっ」

抽挿する鷹司が、捏ねて、揺するたびに、桜庭からは悲鳴が洩れた。

「ああっ、感じさせないでっ」

桜庭の美しい貌に、怺えつづける切なさがつくりあげた憔悴があった。

力をたわめて、鷹司は追いあげに掛かる。

「やっ、やめてくださいっ！　そんなに…う…うぅうっ………動いたり…したら……」

あられもなく叫んだ桜庭は、泣きだしそうな声を立てた。

「非道い人っ、もう、だめ…だめです……っ…」

桜庭は身をたわめてから、かすかに捩り、それから仰け反ってゆくと、がくがくと激しい痙攣を引き起こした。

頭が真っ白になり、眸を虚ろにさせた、美しい姿で放心している桜庭を、鷹司は眼で味わう。

目眩く絶頂の瞬間がほどけてきても、まだうち寄せて退かない快感に、濡れた声が洩れだす。

「あっ…あうっ……あああっ！」

悦びに収縮する媚肉の襞が、収まった鷹司を感じて、また歓を極めてしまい、快楽は永遠につづいてゆくかのようだった。

「あっ、あうっ。ああっ！」

もどかしげに身をくねらせながら、桜庭は、深い快楽を貪って、すすり歔きつづける。

我慢に我慢を重ねたので、解き放たれてしまった官能を押しとどめる術はなかった。

「あぁ……、お願い……ああっ」

鷹司に跨った姿で、桜庭は眸を虚ろに瞠いたまま上体を反り返らせ、くねらせると、ぎりぎりと揉みしぼって硬直させる。頽れかけて、また、芯を入れられたかのように、仰け反り、絶頂に硬直しては、ぐらぐらと悶えるのだ。

「もううあぁ、はぁぁ……」

朦朧となりながら呻く桜庭を、下から鷹司が嘲笑った。

「後ろで悦くのは、もう飽きたか？」

「あぁ、はぁぁ……」

感じないとの約束を、桜庭が守れなかったことを思い出させるかのように、鷹司は冷たい声だ。

「も…もう…これ以上は…やめて――や…」

「女にされているだけでは物足りないのだな？」

鷹司は、桜庭の前方、――体温計を摘み、包帯の結び目をほどきにかかった。

「だめ！」

叫んだ桜庭の声とは裏腹に、腰が前のめりに衝きあがり、瞬間がこみあげてきた。

「ああっ、だ…だめっ、だめですっ……」

ところが挿入されていた体温計を引き抜いた鷹司の指が、桜庭の先端にあるくびれをグッと圧さえ、あふれてきた快楽をそこで堰きとめてしまったのだ。

「あ…あああぁぁっ！」

封じられた絶頂への快楽が、桜庭の内へと逆流して、牙を剥く。

「あっ！　あああっ。だ…だめぇ……ん…くっ……くううぅっ！」

あまりのことに、桜庭はベッドについた膝をばたつかせて、身悶え狂うと、自由を取り戻した手で、鷹司の手を押さえた。

「……はっ…はあっ…はあっ………やっ……やめて…」

「手を離せ」

いやいや…と頭を振る桜庭に言うことを聞かせるために、鷹司は突き挿れている腰を回す。

「……んっ…く…」

肛襞(にくひだ)がギリギリと収斂して、鷹司を締めつける。

締めつけることは同時に、桜庭をも官能の深淵へ落とし、溺れさせることになる。

「あ……、ああっいあっ」

鷹司は、圧さえた指先の力加減で、桜庭に洩(も)らさせ、また逆流させるという、気も狂わんばかりの悪戯をしかけた。

締めつけられるのを愉しみながら、鷹司は指の圧迫で桜庭を奏でる。

「赦して……っ…」

縁から蜜をあふれさせる桜庭は、頭の裡まで痺れたようになっていたが、ふたたび、両手で鷹司を押さえた。

「し……扱(しご)かないでッ」

桜庭はがくがくと慄えながら、懇願した。

「どうか、あなたが達くまで、も…う、わたしを悦かせないでくださいッ」

悲痛な桜庭の願いを、鷹司は聞いてはくれなかった。

彼は桜庭を圧迫していた指を離して、同時に腰を突き込んだのだ。

「あ――っ…」

前と後ろの絶頂に昇りつめる桜庭を、鷹司が抱きしめた。

「あっ……ああっ…あっ」

けれどもこの時、桜庭は鷹司が呻くのを聞いたような気がした。

錯覚ではなかった。

身体の肛筒で動いていた彼の速さが増して、勢いよくほとばしりでてくる灼熱を浴びたのだ。

「…――て、きて…っ……」

「来て」と桜庭が呻くが、官能に痺れきった身体も、脳も、舌も、もつれた。

息を乱しながら、恍惚とした表情を浮かべる桜庭を下から抱きしめ、鷹司は腹筋を使って起きあがった。

「ん…っ…」

桜庭の口唇がひらき、濡れた舌が見える。

腰に乗せた桜庭の身体を、さらに鷹司は後ろ向きに、ベッドへと横たえてゆく。

肉奥に鷹司という芯を挿れられたまま、上下を入れ替えられて、桜庭は身じろぎ、足を抱えられると、ハッと双眸を瞠いた。

いつの間に、自分と鷹司の位置が変わったのか、判らなかった。それほど、深い、忘我の陶酔を味わっていたのかと、絶望で、涙があふれてきた。

鷹司が上体を屈めて、桜庭の眦(まなじり)から涙をすくいとる。

「泣かないでくれ、昔のことを思い出す」

まだ鷹司のすべてが、自分の肛筒(なか)にある。

されるがままに揺すられながら、桜庭はこみあげてきた涙を怺えられなかった。

「あなたが、わたしを泣かせるのです……」

今日は、涙腺がゆるんでいるかのように、桜庭は脆かった。自分でも、そんな自分をもてあましている。

口唇で涙をすべて味わってから、鷹司が接吻を繰りかえしてきた。

彼の舌を受け入れて、桜庭は眸を閉じた。

愛を口移しで飲ませるかのように、情熱的なキスが、鷹司から与えられる。

「君が無事でよかった。愛しているよ」

鷹司の言葉に、桜庭は眸をあけ、彼を凝視(みつ)めずにはいられなかった。

失ったはずの愛がまだ鷹司の裡に輝いているのが、視えた。

「…わたしを、赦してくださるのですか？」

「赦すよ。君への愛情が、わたしを寛容な男にする」

下肢の切なさと戦いながら、桜庭はどうしても聞かずにはいられなかった。

「もう、わたしは、あなたに愛されるのには値しません。あなたは最初の男ではありませんでしたし、あなたを愛していると判っても、別の男に抱かれれば感じてしまう…それに、いまも約束を守れませんでした」

「わたしを愛していると認めたな？」

鷹司は、自分にとって大切な言葉だけを拾って、繰りかえした。

「愛しているんだな？」

素直に頷き、桜庭は認める。

「…え、ええ…でも、わたしは、約束を守れませんでした」

ゆっくりと桜庭が高まってくるように、鷹司は上下にだけ動きながら、笑った。

「構わないさ」

鷹司はあっさりと言った。

「守れるはずなどないと、判っていた」

唖然と、桜庭は自分の内側を占領し、キスせんばかりに覗きこんでくる男を見た。

「約束のために必死になっている君が、たまらなくいとおしかったよ」

「非道い人……」

眉根を寄せた桜庭に、鷹司はキスを浴びせる。

「非道いのは君だ。いつも、わたしを苦しめる。だが、愛しているよ、君だけだ。わたしの最後の人——運命の恋人」

「わたしには穢れた過去があるのに？」

いつまでも、実父や聖職者たちの性の玩具であった過去が、桜庭の裡から消し去れない。

「過去などどうでもいい。君が何人の男と愛しあってこようとも、わたしを最後の男にしてくれれば、それでいいのだ。わたしを愛していると、言ってくれ」

「ええ、わたしも……」

桜庭は、甘く濡れた声で答える。

「わたしも、あなたを愛しています。鷹司さん…」

「名前を呼んでくれ、鷹司は、母の名字だ」

任務のために、鷹司は四ノ宮から母方の姓に移り、桜庭もまた新しい姓を得たのだ。

「あなたを愛しています。貴誉彦さん…」

鷹司の腰が深く入ってきて、桜庭はのけぞったが、自分からも突き返すように、身をくねらせた。

二つの肉体が一定の律動を持って、蠢きだした。

「わたしも、愛しているよ、那臣」

求めあって、桜庭は鷹司の首筋に抱きつき、自分にいっそう挿入させ、彼を深く味わった。

抽挿が次第に激しさを増してくる。

陶酔などという優雅な快感ではなくなり、桜庭は身体全体でのたうち回るほどの快感に翻弄されはじめる。

鷹司の顔に歓びが輝き、動きに螺旋(スクリュー)が加わる。

「はあっ！」

息を詰めた桜庭は、呼吸を整えて、荒々しくも甘美な攻撃を受けとめようとしたが、喉からは切ない呻きが洩れでただけだった。

「……ぅう…」

痙攣をともなう快美の発作が、桜庭を浸し、身体の端々にまで行き渡ると、爪先に力が入った。

鷹司は、桜庭が感じてゆくたびに背中を引っ掻かれる羽目になったが、彼はその新しい刺激を愉しみながら、二人で昇りつめてゆく瞬間を迎えた。

強烈で、狂暴で、官能的なほとばしりが、二人の内と肌を熱く灼いた。

二月二十一日（土曜日）午後九時

愛欲にまみれた身体をバスルームで洗ってもらった桜庭は、ベッドに戻されて、今度は鷹司から念入りな口唇愛撫を受けていた。

欲望の衰えをみせない鷹司は、まだ桜庭と愛しあうつもりなのだ。

むせび歔(な)きつづけた桜庭の方は、精も根も尽き果てたようにぐったりと横たわっていたが、それでも、若く——淫蕩な肉体は、妖しく反応を示して、たまらなくなってきている。

愛しい人を口唇で愛撫する快感に、鷹司は浸っていたが、やがて彼の征服欲はそれだけでは満たされなくなってくる。

「前にまた体温計を入れてもいいかな？」

そう訊いた時には、すでに水銀体温計の冷たい先端が、桜庭の精路口に触れていた。

先端で、精路の口をこねまわされ、挿し込まれる。

「あ…ぁぁ…いや——なんてことをっ！」

棒状の体温計が入りこむ時、細かく刻まれた目盛りが、桜庭の敏感な内側を擦って、我慢できないほどの快感が生まれてしまう。

「…ああっ…や…やめて……っ」

鷹司が指を止め、訊いた。

「痛いのか？」

身悶えながら、桜庭は告白する。

「い、いいえ」

「では痛くはないのだな？」

頷いたが、桜庭は哀願した。

「…こんな…の…いやです……でも、わたし…すごく……感じてしまうっ……」

手に持った体温計を、鷹司がくねり回した。

「か、かきまわさないでっ、ああっ、あああっ！」

桜庭はシーツを握りしめて、下肢を淫らに突きあげて、小さな発作を起こした。

「どうした？　もっと本気で悦けばいい。精路で達くのは、前にも教えただろう？」

言うなり、鷹司は棒状の体温計を咥えこまされ、限界までひろげられてしまった先端を舌先でチロチロと舐めた。

「あう！……んっ…」

舐めながら、体温計をひき抜く。

「ああっ、ああ…っ…もっ、ぬ、ぬかないでっ……」

ずずずっ…と、棒状の水銀体温計が桜庭の内へと戻される。

「もっと悦くしてやろうか？」

「一緒に、一緒でなければいやです。わたしだけ、もてあそばれるなんて……」

「ではまた、ひとつになって、愛しあおう。那臣」

「えっ、ええ、ええ、貴誉彦さん……」

——だが、二人の濃密な時間は、突然に破られることになった。

ドールが鍵を開けて、いきなり寝室に入ってきたのだ。

「マスター」

緊迫したドールの声が、鷹司を桜庭から引き剥がす。

「なにごとだ？」

彼の侵入は、凶事を意味するものであり、鷹司は即座に対応しなければならなかった。

向かいあった二人の間に声はなかった。

ドールの口唇を読んで、鷹司はベッドの桜庭を振り返った。

「桜庭くん、君のお養父さまが、リビングにいるそうだ。すぐに支度したまえ」

そう告げた鷹司は、自分も衣類を身につけはじめ、ベッドの桜庭へは、ドレッサーから夜着(ナイトウエア)を取りだしたドールが近づいた。

桜庭は、なぜドールが、自分のナイトウェアをしまう場所を知っているのか問い質してみたいが、その余裕はなかった。

「これを着てください。四ノ宮サンは、すぐここへ来ます」

慌ててベッドから降りた桜庭は、ドールの手からナイトウェアを奪いとった。

腰が甘く痺れているが、急いで取り繕わなければならなかったのだ。

下着なしで下衣(ズボン)を穿き、上衣の釦を襟元まですべて留め、ドールが整えたベッドに入った。

ティーテーブルの椅子に腰掛けた鷹司の方は、髪を撫でつけ、何事もなかったかのような顔で、ベッドの桜庭へ合図する。

桜庭も頷いて、退院したばかりの怪我人として、枕に深々と頭を埋めた。

二人の準備が整ったのを確かめてから、ドールが寝室を出てゆき、リビングで待つ四ノ宮と、彼の車椅子を押して来た土師を呼びに行った。

桜庭の養父であり、『タリオ』の総帥である四ノ宮康煕は、杖を付き、執事の土師に肩を支えられて現れた。

老人の後ろから、龍星とルキヤも付いてきて、最後にドールが、寝室のドアを閉じた。

「これは、お父さん。お久しぶりです」

鷹司にとっては、老いてなお矍鑠とした実父は煙たい存在であり、桜庭がらみの恨みがいくつもある。

　いまも邪魔をされて、腹の裡は怒りで煮えたぎっていたが、抑えて、礼を尽くす素振りをみせた。

「久しくもない。お前とは総会で会っておる」

　鋭い一瞥で実の息子を見てから、四ノ宮は土師に助けられてベッドに腰を下ろすと、起きあがった桜庭の頬に手を添え、優しく撫でた。

「退院したら、わしのところへ来るように言っておいたはずだぞ、那臣」

「申しわけありません…」

　謝る桜庭の頬を撫でながら、四ノ宮が双眸を細めた。

「判っておる。子供たちの退院祝いを無駄にしたくなかったのであろう？」

「はい…」

　頷いた桜庭に、四ノ宮も頷き返したが、次に、強引に命じた。

「そう思うて、わしも待ったが、待ちきれずに迎えに来た。お前はしばらく、わしのところで静養する。支度をしなさい」

　瞳を瞠いた桜庭に、なおも四ノ宮は、有無を言わせぬ口調でつづけた。

「心配ならば、その子たちも連れてきなさい」

　養父には逆らえない。桜庭が絶句していると、脇から鷹司が口を挟んだ。

「それは、桜庭くんの意に反するのではありませんか？　彼には、すでに彼の生活があります。龍星たちも次の『処理』に取りかかっているはずです」

　現在、桜庭たちの『物件』は、性転換手術が終わって間もなくなので、まだすぐには『処理』ができないのだ。

「貴誉彦、お前は黙っておれ」

　一喝して、四ノ宮は鷹司を黙らせた。

「那臣が巻きこまれたのは、元はと言えばお前が原因なのだぞ」

「そ――れは…」

　そう言われてしまうと、鷹司は返す言葉がない。だが、白須のからんだNo.１７９６の『物件』を、最初に桜庭たちにやらせようとしたのは四ノ宮自身なのだ。そこを突いて反論することもできそうだったが、得策ではなかった。

　鷹司は黙らざるを得なかった。

「ところで那臣」

「は、はい…」

　神妙に答えた桜庭に、四ノ宮が命じた。

「身体を見せてみなさい。疵が治ったかを、わしはまだ確かめてはおらん」

入院中に一度見舞った四ノ宮だが、疵痕を見ていなかったのだ。

「そ――れは、家に行ってからでも……」

すでに四ノ宮の家に戻ることは避けられないと承知したうえで、桜庭は断りたかったが、養父を慰留することはできなかった。

四ノ宮が、一度命じた言葉を簡単に翻さないだろうことは、誰もが判っていた。

寝室にいる他の全員が、出てゆく必要性を感じていない様子なのが、桜庭を困惑させる。せめて、龍星とルキヤだけでも席を外して欲しかったが、それを口にすれば、二人が傷つくだろうと、桜庭には判っていた。

ならば、桜庭が羞恥を怺えるしかなかった。

ベッドの上で、桜庭はゆったりとしたナイトウエアの上衣を脱ぎ、裸の胸を四ノ宮の前に晒した。

枕元に座る四ノ宮は、桜庭の耳の疵を見てから、頸筋を調べ、打ち身が黄土色に変色した腕や、手首の擦過傷をひとつひとつ確かめてゆく。

最後に、桜庭は下衣を自分の手で引きおろし、まだ、鷹司と愛しあった熱が残る裸体を、隠すところなく露わにしなければならなかった。

足首の疵を見てから、四ノ宮の手は腿に触れ、桜庭をひろげさせた。

真っ白な肌を這うガーネット色の疵痕――、その淫靡な美しさが、皆の視線を奪った。

凝視される羞恥に、桜庭はシーツを握りしめ、眸を閉じる。

「可哀相なことをしたな、那臣……」

四ノ宮の指が、桜庭の疵痕をなぞった。

桜庭はビクッと戦いたが、眸を閉じたまま、口唇を開いて吐息を吐いた。

閉じた女性器を思わせる妖しい疵痕を養父に撫でられて、桜庭が恐怖以外のものを感じているのが、鷹司には判った。

自分には触らせなかった疵痕を撫でさせて、官能を覚えているのだ。

実父である四ノ宮の手で、桜庭が官能を満たされはじめたとしたら、鷹司には厄介なことになる。

桜庭を奪い返されるかもしれないという恐れを、感じるのだ。

四ノ宮康煕は、現在は車椅子での移動を余儀なくされた老人だが、彼の偉大さ、邪悪さは、息子だからこそ誰よりも鷹司には判っていた。

この年齢になっても、『タリオ』の№2と呼ばれていても、鷹司はいまだに実父に気兼ねを感じてしまうのはそのためだ。

むかし、四ノ宮邸で盗み見た光景が、鷹司の脳裡に蘇ってくる。

暖炉の前に敷かれた毛皮の上で、桜庭が身体を丸め、蹲るように眠っていた時の光景だ。

最近、鷹司はその話を桜庭にしたが、気になる部分は端折っておいた。あの時、眠っていた桜庭は裸身であり、その姿を四ノ宮は凝視めていたという部分を――。

「この疵が残ったことで、お前は白須を思い出し、恐怖や痛みも思い出すであろうな」

四ノ宮の嗄れた声が、鷹司を現在に引き戻す。むかしも現在も、四ノ宮は桜庭を眸に入れても痛くないほどに溺愛しているのは変わりがない。――危険なほどに。

「二度と、お前をこのような目には遭わせん」

強い言葉が、四ノ宮から発せられたことで、桜庭は身を強張らせた。

それは、『タリオ』の幹部から身を退かされ、四ノ宮の家に戻り、安全に守られて暮らすということを言っていると思われたからだった。

触れている指先に、桜庭の戦慄を感じとりながら、四ノ宮は言った。

「支度をしなさい、那臣」

ようやく指が離れ、桜庭は裸身を取り繕うことができたが、普段は優しい養父が、いまは恐ろしかった。

「子供たちも、わしのところに来る用意をするのだ。気に入りのものだけ持てばよい、必要なものは、いつでも揃えられるからな。五分でやりなさい」

「お待ち下さい」

対峙する勢いで、鷹司が四ノ宮に異を唱えた。

「ここの龍星とルキヤは、桜庭くんが戻ってくるまで、わたしが預かることにします」

龍星とルキヤに向きなおり、四ノ宮が口を挟むよりも先に、鷹司が念を押した。

「いいな、君たち。桜庭くんが戻るまで、わたしのところに来るな？」

いきなり言われた二人だが、鷹司の様子から、察するものがあった。

「よろしくお願いします」

すかさず龍星が答え、ルキヤも礼儀正しく頭を下げた。

「僕も、お願いします」

「では決まったな、桜庭くんは異存ないだろうな？」

桜庭が呆気にとられているうちに、鷹司は龍星とルキヤを連れて行くことになってしまった。

四ノ宮にしてみれば、桜庭を連れ戻せればよいのだ。龍星たちが自分の意思で鷹司の許へ行くと言った以上、無理強いはしなかった。

四月五日（月曜日）午後五時三〇分

ペントハウスにある鷹司家のガーデンテラスで、桜庭は月の出を待っていた。

傍らには鷹司が寄り添い、桜庭の身体へ腕をまわし、支えるように抱きしめている。

キッチンでは、龍星とルキヤが、ドールに教えられて夕食のインド料理を作っている最中だ。

桜庭が四ノ宮で療養生活に入ってから、二人の養子は鷹司のマンションに引き取られて、暮らしていた。

十九歳と十六歳の二人は、自炊もできて、留守を二人で守っていられるくらい大人だったが、鷹司の許へ行った。

このまま桜庭が帰ってこられなくなったら——という不安が、彼らにはあった。

鷹司の方は、桜庭が戻ってこらざるを得ない状況にしておきたいがために、養子の二人を人質として連れて行った。

鷹司の許で、龍星とルキヤは同室を与えられ、いままで通りに一緒だったが、ドールの存在が、二人にあらたな刺激をもたらした。

ドールは、ルキヤのために、白須洋一の『使徒』である双子の片割れ、ノアを殺した。

それも、普通の殺し方ではなかった。

ノアがルキヤを犯したと知るドールは、同じ苦しみを彼に与えたのだ。

徹底したドールのやり方に、龍星は感銘を覚えた。そして龍星もまた、対峙していたグリを、同様に殺すことにしたのだ。

手と足の骨を折り、立てなくなったところで、彼らの身につけていたラテックスのスーツを剥がし、肛門を、血まみれの腕で犯し、殺す。

二人が自分の敵をとってくれたことを知るルキヤは、二人への礼として、惜しげもなく肉体を差しだした。

最初は別々の寝室で愛しあっていたが、龍星もドールも、言葉にこそしないもののお互いを認めあっていたので、いつしか三人で交歓を持つようになった。

ドールは三人で愛しあう術に長けている。若い二人が、その強い刺激と快感を知ってしまうと、もう後戻りはできなかった。

彼らが愛しあうのを黙認する鷹司は、桜庭の帰りを待っていた。

そして、今日が来たのだ。

東京の月の出時刻は十七時五十三分。

間もなく、満月は遙かな山並みのように見える高層ビルの間から、姿を現すだろう。

ふたつ前の満月の夜、桜庭は白須洋一に殺されかけていた。

まだ二ヶ月しか経っていないのに、ずいぶんと遠い過去の出来事のように感じてしまうのは、癒されたからに違いなかった。

七週間、桜庭は養父の許で、静養をかねて暮らした。

養父の四ノ宮は、桜庭を身近から離さずにいたが、彼の身体の疵と心の傷が癒えてゆくのを見届けると、龍星とルキヤの許へ帰ることを赦したのだ。

内心では、桜庭を『タリオ』の幹部から退かせ、手許におきたいと望んでいたが、無理強いはしなかった。

自立してゆこうとする桜庭を、四ノ宮は妨げずに見守ってくれる。そういう養父だからこそ、桜庭もまた、深く信頼し、愛し、頼っていた。

だが鷹司には、それが四ノ宮の巧妙な遣り口だと判っていた。

桜庭は独り立ちできた気持ちでいても、実際には、四ノ宮に盗撮され、監視され、密かに庇護されているのだ。

それを知らせるのは簡単だったが、桜庭が受ける衝撃を思えば、鷹司は黙っているしかなかった。

「お養父さまが、今夜は鷹司さんと一緒に過ごすようにと、言ってくださったのです」

月の出を待っている間に、桜庭が思いがけないことを口にしたので、鷹司は、自分の沈黙を買うために、実父か、――あるいは土師による譲歩を感じた。

密かに笑みが浮かんでしまった。

四ノ宮たちは、監視カメラなどの真実を知った時、桜庭が拒絶を起こし、自分たちから離れていくのではないかと考えて、喪うよりは、鷹司の許に委ねておいた方がよいと判断したのだ。

実父に対する切り札を、一枚手に入れたようなものなのだ。

そう考えてしまう鷹司とは裏腹に、桜庭は純粋に、養父の思いやりを信じている。

ひとつ前の満月は、三月七日だった。

その夜、桜庭は養父の四ノ宮と二人で空を仰いだ。

今度は鷹司と二人で、忌まわしい満月と対峙する。

おぞましい儀式にかけられ、殺されかけた桜庭の身体は癒えたが、最後に、彼を愛する者の腕に抱かせて満月と向かいあわせることで、安心させるという心の治療だった。

「もう五時五十三分を過ぎた。満月が見えてくるはずだ」

時刻を確かめて、鷹司は桜庭の腰に回した腕に力を込めた。

「ええ、満月の気配がします」

白須らに連れられて、秩父の別荘に向かう途中にも、暮れた空のどこかに満月が妖しく輝いている気配を感じたのだ。

桜庭は、満月を恐ろしく思ってはいなかったが、鷹司の腕のなかで彼を見あげ、需(もと)めた。

「キスしてください。月に、見せつけてやるように……」

すかさず、鷹司は桜庭の口唇を塞ぎ、二人の横顔を満月が照らしだすまで、舌を絡めあい、確かめあった。

ようやく口唇を離した鷹司は、少しばかり桜庭が息を乱しているのをみて、眼を光らせる。

「君は前の満月の夜、父ともこんな風にしていたのではあるまいな？」

眸を瞠き、桜庭は鷹司を凝視する。そして、細い眉を顰めた。

「もしそうだと言ったら？」

「赦さん――」

腹の底から響くような鷹司の声に、桜庭は抗戦する調子で問い返した。

「赦さないのはわたしですか？　それとも、お養父さまを赦さないのですか？」

「君は仕方がない。あの男に騙されているのだからな」

鷹司の答えを聞いて、桜庭は声をあげて笑った。

「お養父さまに対しての、あなたの考え方はいつも間違っています」

「そうかな？　わたしや龍星たちが居る前で、君を裸にして、腿の内側を撫でるような男だぞ…」

一瞬絶句して、桜庭は鷹司を見あげた。

以前、龍星とルキヤが居る前で、桜庭の肛環(アヌス)に指を挿し入れたまま、悦かせようとした男の言葉とはとても思われなかった。

傍(はた)から見れば、鷹司貴誉彦も四ノ宮康煕も、同じことをしていると思うだろう。

まさしく、実の父子(おやこ)である――とも言えそうだ。

桜庭の沈黙を、鷹司は別の意味に捉えた。あの時に味わった養父の指の感触を思いだしているのではないかと、勘繰ったのだ。

あの時の光景は、鷹司を打ちのめした。

桜庭は、鷹司には決して触らせなかった股の付け根の疵を四ノ宮に撫でさせながら、恍惚ともとれる苦悶の表情を浮かべていた。

それ以前に、さんざんに鷹司と愛しあい、乱れあっていなければ、あの場で桜庭は射精させられたのではないかとすら、疑われる有様だったのだ。

嫉妬が高じて、四ノ宮が桜庭に対し行っている盗撮などの秘密を暴きたい衝動を感じながらも、鷹司は怺え、訊いてみた。

「まさか、あれからも君は、父に撫でさせたりはしなかっただろうな?」

桜庭は呆れたように、鷹司を凝視めた。

以前、屋久島の別荘へ行き戻ってきた日と同じ会話を繰りかえすのかと、疎ましくなってきたのだ。

だからこそ、あえて桜庭も同じことを言ってみた。

「どうして逢いに来てくださらなかったのです? 屋久島と違ってここから車で二時間も掛かりませんし、四ノ宮はあなたの実家でもあるのに…」

問題が逸らされたが、鷹司はぐらかされなかった。

「撫でさせていたんだな？」

真顔で詰め寄られると、桜庭は鷹司の迫力に気後れたように後退り、テラスを囲った鋳物製の柵にぶつかった。

すかさず鷹司が、両手で柵を掴み、桜庭の身体をはさんで動けなくさせてしまう。

「正直に答えたまえ、実家に戻っていた期間中、父に撫でさせていたんだな？」

秀でた鷹司の額が満月の光をうけて、鈍く輝いているように見える。彫りの深い顔立ちなので、陰影を得ると、悪魔のように恐ろしげだ。

「あなた——は、わたしとお養父さまの関係を知らないのです。わたしたちは、疚しいことはありませんが、あなたが想像する以上に親密であることも確かです」

「判りづらい言い方だな。もっと具体的に、どういうことをやっていて、どういうことならばやっていないのか、聞かせてもらいたいものだな」

鷹司の声音に脅しめいたものが混じっている。彼が本気で答えさせようとしているのを感じて、桜庭は当惑するが、説得しようと試みた。

「わたしが接触恐怖症だったのはよくご存じではありませんか、鷹司さん」

「だが、現在はそうではない」

桜庭は苛立ちと同時に困惑を感じた。この恋人は、自分が養父の四ノ宮と肉体の関係があるとでも答えれば、それで満足するのか——とすら、思われてしまう。

自分が納得できる返事が返されるまで、問いつめるつもりなのかも知れないのだ。

「いい加減にしてください。お養父さまとは、あなたが考えているようなキスをしたことはありません。けれども、腿の疵跡を撫でていただいたことはあります」

鷹司は、桜庭が曖昧にしておこうとする事柄に突っ込んだ。

「わたしが考えているようなキスはしたことがないが、わたしが考えていないようなキスならばしたことがあるのだな？　そして、撫でていただいたことがあると！」

大げさに、鷹司が反芻した。

「それにいまの言い方だと、一度そういうことがあったという程度に聞こえるな。だが、一度ではあるはずがないな？」

桜庭は仕方なく頷き、認めた。

「ええ、幾度となくありました。お養父さまは、疵痕が残ったことをわたしが悲観していると思っておられるので、慰めてくださるおつもりだったのです」

「君が悲観しているのがかわいそうで、慰めてやるために、撫で回したのか？」

「いいえ！」

鋭い声で否定した桜庭だが、訂正はなめらかに行った。

「撫で回したのではなく、指で優しく触れる程度でした。疵跡が酷くないことを、言葉で教えてくださっただけなのです。鷹司さんのご期待に添えませんが」

「わたしがなにを期待しているというのだね？　君は」

「あなたは、わたしが淫乱だから、きっとお養父さまとの間にも何かあるのだと疑っているのです」

いい加減にうんざりしてきた桜庭は、攻め立ててくる鷹司に対して、自虐的な迎撃方法に切り替えることにした。

「確かに…、君は感受性が豊かだ」

鷹司が言葉を言い換える。

「感受性などと、言っていただかなくて結構です。わたしは淫乱なだけなのです。あなたの指を肛門に挿れられただけで、悦ってしまえる男ですから……」

正しくは、「悦ってしまいそうになった」とするべきだったのに、桜庭の口がすべった。

だがそう露骨に言ってから、桜庭は真実を集め、鷹司にすがった。

「どうか信じてください。わたしは、あなたのお実父さまと疚しいことなどありません。けれども、子供のころから、わたしはお養父さまの手で癒されてきました。二度と他人に触れられたくなくて、怯えていたわたしに、人肌のぬくもりを教えてくださったのはお養父さまなのです。わたしが安心できるまで、何時間でも手を繋いでいてくださったり、身体を撫でてくださったのです。腿の疵痕を撫でてくださるのも、むかしのように、わたしを癒そうとしてくださるからです……」

むかし語りをまじえて、桜庭は一方的にまくしたてた。

桜庭の心の裡に、後ろめたさはない。肉体的にはどうかと問われると、実際のところ、養父の指で疵痕を撫でられて、妖しい陶酔を感じていたので、少しばかり疚しい気持ちはあるが、そこまで口にして、これ以上鷹司を刺激するつもりはなかった。

――黙っていればいいのだ。これくらいの秘密は、鷹司のような男を恋人にする場合は必要な気がしてきたからだ。

鷹司によって、桜庭はいっそう強かになってゆく気がする。

「わたしはお養父さまに撫でていただき、癒される子猫のようなものです」

――子犬にしておけばよかったか…とも考えながら、ゆっくりと、まばたきをして、桜庭は鷹司を上目づかいに凝視めた。

だが鷹司は、いまほどまであった攻撃的な追究の勢いはなくなったが、相変わらず拘った。

「君が、疵痕を実父に撫でさせてやっていた事実には変わりがないのだな」

鷹司には判っているのだ。柔らかく、神経の集中したあの場所を撫でられて、桜庭が官能に浸らなかったはずがないことを――、鷹司は誰よりも承知している。ゆえに、執拗になってしまうのだ。

「四ノ宮康熙を、それほど好きか？」と、つい訊いてしまいそうになる。さらには、「わたしよりも、愛しているのか？」と、問い質して、安心できる答えが欲しくなってしまうのだ。

桜庭に恋をした時から、鷹司には弱みができてしまった。

「君は、やはり、わたしにとっては致命的な男でもあるな」

ふいに、これ以上の追究を諦めて、鷹司はテラスの柵から腕を離し、桜庭を解放した。

「愛しているよ」

その言葉が夜空に消えてしまわないうちに、桜庭は鷹司の手を掴みとり、指先に接吻して言った。

「わたしも、あなたを愛しています。その証拠に――」

すこしばかり桜庭は口ごもったが、背の高い鷹司のために爪先立つと、耳許に囁いた。

「あなたには、お養父さまがなさらなかったことを、させてあげます」

「なにをさせてくれるつもりだ？」

期待を持った鷹司の声に、桜庭は甘い吐息を吹きこみながら答えた。

「わたしの疵痕を、舐めさせてあげます」

そう言った桜庭の身体を、いきなり鷹司が足下からすくって、抱きあげた。

驚いた桜庭が、それでも首筋に掴まったのを確かめてから、今度は鷹司が耳許に口唇をつけて、囁いた。

「そういうことならば、テラスは寒い。なかへ入ろう」

「舐めるだけですよ、鷹司さん…」

「承知している。舐めるだけだ」

テラスからリビングルームに通じるドアを開け、室内に入った鷹司は、隣のダイニングルームにドールたちの気配を感じながらも、桜庭を横たえた。

忌まわしいほどにかっちりとした神父服を脱がせて、下肢をくつろげさせる。

大きな窓からは、満月が二人を見下ろしている。

四月五日（月曜日）午後六時五〇分。

今夜の月は、悪魔崇拝の名を借りた快楽殺人の儀式ではなく、――運命で結ばれた恋人たちの、愛の儀式を見守ることになった。

終わり

あとがき

なんだかんだとしているうちに、『背徳の聖者たち』を書いてから、一年以上が経ってしまいましたが、今回の『運命の男――hommefatal――』は、前作の9日後からの話です。

前作を再読していただき、色々と思いだしていただいてから、また読んでいただければ幸いです。

……って、わたしが一番、思い出すのが大変でした。

また、この鷹司と桜庭は、毎日、エッチばかりしている訳ではなく、言い争っているばかりでもなく、恋愛ホラーアンソロジー『邪香草』（祥伝社）という文庫でも、ちょっと、『タリオ』のお仕事をしています。一緒に読んでいただければと願っています。

四ノ宮のお養父さまは、やはり某『花夜叉』の、三ノ宮老人と、平安時代くらいまで遡って、兄弟関係にあります。

こんな彼らと、作者ですが、どうかよろしくお願いします。

編集の岩貝さん、挿絵の小笠原宇紀先生、ご迷惑をお掛けして済みませんでした。

多くの皆様に助けていただきました。

最後になりましたが、読んで下さいました皆様へ、心よりお礼申しあげます。

山藍紫姫子

『背徳の聖者たち』から引き続き、また描かせて頂けて光栄な小笠原宇紀です（ペコリ）。

（悪筆なので、書体文字ですみません）

個性的で、好きなキャラクターたちのお話で、楽しんで描きました。

山藍先生にお願いして資料をご用意して頂き、助けて頂いたのですが、イメージを壊していないか、前回同様心配中です。

桜庭さんと鷹司さんも素敵ですが、個人的には特に龍星、ルキヤとドールの年少組（？）が好きなのです。

今回は『ドールくんのインド料理』（ハマり過ぎ）にとても心惹かれました…。

もちろん、あの素敵過ぎる桜庭さんがどんな危ないことになるのか…それが一番の楽しみでしたが！

ダリアノベルズをお買い上げいただきましてありがとうございます。この本を読んでのご意見・ご感想・ファンレターをお待ちしております。

〈あて先〉
〒173-0021　東京都板橋区弥生町78-3
(株)フロンティアワークス　ダリア編集部
感想係、または「山藍紫姫子先生」「小笠原宇紀先生」係

homme fatal 運命の男

2004年 1月31日　第一刷発行

著者　山藍 紫姫子

発行者　藤井春彦

発行所　株式会社フロンティアワークス
〒173-0021　東京都板橋区弥生町78-3
営業　TEL 03-3972-0346　FAX 03-3972-0344
編集　TEL 03-3972-0333

印刷所　株式会社粂川印刷

定価はカバーに表示してあります。
乱丁・落丁本はお取り替えいたします。